KB276010

운영전,
잘못 떨어진 먹물 한 방울에서 시작된 사랑

1

운영전,

잘못 떨어진 먹물 한 방울에서 시작된 사랑

전국국어교사모임 기획 · 조현설 글 · 흩날린 그림

Humanist

고전을 읽어야 한다는 가르침은 어릴 때부터 귀가 따가울 만큼 들었다. 그러나 몸소 이를 따르는 사람은 흔치 않다. 종종 고전을 가까이하는 사람들이 있는데 이들은 대체로 삶을 헛되이 보내지 않고 훌륭한 일을 이루어 세상에 뚜렷한 이름을 남겼다. 고전 안에 그만큼 값진 속살이 들어 있기 때문이다.

고전이 이처럼 깊은 가치를 지녔는데 어째서 고전을 읽는 사람은 흔치 않을까? 아마도 고전이 사람을 쉽게 끌어당겨 주지 않기 때문일 것이다. 고전은 우리에게 섣불리 손짓을 하지도, 눈웃음을 치지도 않는다. 고전은 끈기를 가지고 파고들어 오는 사람에게만 마지못한 듯이 웃음을 지으며 속내를 털어놓는다. 고전은 요즘보다 훨씬 무뚝뚝하던 옛날에 이루어진 삶이며 글이기 때문이다.

그래서 우리는 청소년들이 고전을 즐겨 읽을 수 있도록 마음을 다했다. 뻣뻣하고 까칠한 고전을 달래서, 부드럽고 친절하게 청소년을 끌어당기도록 손을 쓰고 공을 들였다. 멋없이 무뚝뚝하던 고전을 정성껏 매만져서 두 팔을 활짝 벌리고 청소년들을 끌어안을 수 있도록 탈바꿈했다.

고전은 이제 온전히 겉모습을 바꾸어 청소년들을 맞이할 것이다. 자칫 속살까지 탈바꿈한 것처럼 보일지 몰라도 책을 읽다 보면 예스러운 고전의 맛과 멋을 한껏 느낄 수 있을 것이다. 우리는 무엇보다도 고전이 고전다운 속내와 뼈대를 온전하게 지니도록 하는 데 힘을 쏟았다.

고전은 시공간을 뛰어넘고, 나라와 겨레를 뛰어넘어 세상 모든 사람에게 큰 울림을 준다. 《시경》, 《탈무드》, 《오디세이아》, 셰익스피어와 괴테의 작품이 세상 모든 이에게 가르침을 주듯이, 우리의 고전도 모든 이에게 값진 가르침을 줄 것이다. 가르침이 서로 다르기는 하지만 높낮이가 있는 것은 아니다. 그러므로 세상 고전을 두루 읽어야 하는 것이나, 우리는 우리네 고전부터 읽는 것이 마땅한 차례다.

이런 뜻으로 전국국어교사모임에서 '국어시간에 고전읽기' 시리즈를 펴낸 지 십 년이 되었다. 누구나 두루 즐기며 읽을 수 있도록 쉽게 풀어 쓰고 맛깔나고 재미있는 작품으로 재창조하려고 무던히도 애썼다. 다행히도 많은 독자로부터 분에 넘치는 사랑을 받았고, 우리 고전을 가까이하고 즐기는 청소년들이 많이 늘어 고마울 따름이다.

지난 십 년처럼 묵묵하게 이 시리즈를 이어 갈 생각으로 첫 마음을 되새기며 글과 그림을 더하고 고쳐 좀 더 새로운 얼굴의 우리 고전을 세상에 다시 내놓으려 한다. 이 책을 통해 우리 청소년들이 풍성하고 가치 있는 고전의 바다에 풍덩 빠질 수 있기를 기대해 본다.

2012년 11월

전국국어교사모임

《운영전》을 읽기 전에

《운영전》은 한문으로 씌어진 소설입니다. 작가가 누구인지는 알 수 없으나, 《춘향전》을 비롯한 판소리계 소설과는 달리 처음부터 어떤 사람이 문자로 쓴 소설이지요. 《운영전》은 여러분에게 조금 낯선 이야기일지도 모릅니다. 《춘향전》이나 《홍길동전》처럼 많이 알려져 있지 않은 터라, 제목 자체를 처음 들어 본 사람도 있을 것입니다. 그 생소함만큼이나 고전 소설로서는 드물게 슬프고 비극적인 사랑 이야기를 담고 있습니다.

이 소설의 주인공인, 안평 대군의 궁녀 운영은 운명처럼 김 진사와 만납니다. 이들의 사랑은 우연한 실마리를 타고 들어와 온몸과 마음을 뒤흔들며 운명적 사랑이라는 필연을 만들어 갑니다. 우리가 잘 알고 있는 소설 《춘향전》의 다소 호들갑스러운 만남과 사랑에 비교해 볼 때, 운영과 김 진사의 사랑은 참으로 조용하고 또 은밀합니다. 《춘향전》의 시끌벅적한 사랑이 춤을 추거나 운동을 하다가 몸이 서로 부딪친 것이라면, 《운영전》의 사랑은 백일장 같은 곳에서 시를 짓다가 슬쩍 눈길이 마주친 것과 비슷하지요. 그러나 이렇듯 조용한 사랑이지만, 그들의 사랑이 현실적인 벽으로 인해 어려움을 맞았을 때, 운영과 김 진사는 때로 과감한 태도를 취하기도 합니다. 《운영전》은 이러한 사랑과 고난의 과정을 슬프고도 아름답게 그리고 있습니다.

이제 여러분은 조선 후기를 살았음직한 두 사람, 운영과 김 진사의 사랑 이야기를 만나게 됩니다. 바라건대 운영의 애틋한 사랑 이야기를 읽으며 그 사랑에 함께 눈물지을 수 있었으면 합니다. 운영의 아픈 사랑을 불러내 지금 나의 모습과 견주어 보며 또 다른 나를 발견할 수 있다면 좋겠습니다.

처한 상황과 시대는 다르지만, 소설을 읽으며 그들의 사랑이 바로 지금, 여기에 서 있는 우리의 사랑과 크게 다르지 않음을 느낄 수 있을 것입니다. 사랑, 이것은 언제 어느 때 어떤 모습이든 참으로 아름다운 것이기 때문입니다.

2002년 8월

조현설

차례

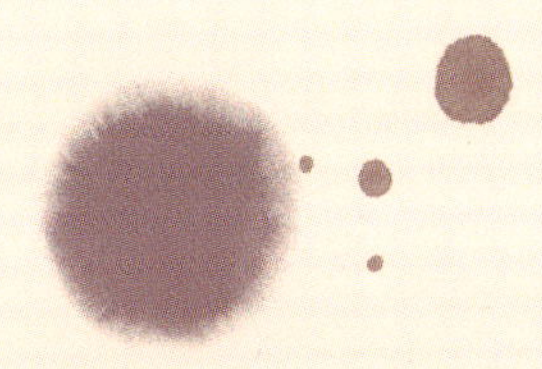

아, 눈물은 떨어져 먹물과 뒤섞이고

제 넓은 비단실 속에 맺혔습니다

베개에 기대어도 이룰 수 없는 나비의 꿈
눈을 돌려도 남쪽 하늘엔 흔적 없는 외기러기

유영, 수성궁에 놀러가 김 진사를 만나다

안평 대군의 옛날 집인 수성궁은 한양성 서쪽 인왕산 밑에 있었다. 인왕산은 산세가 험하고도 아름다워 마치 용이 서려 있거나 호랑이가 쭈그리고 앉아 있는 것 같았다. 그런 산세 때문에 인왕산은 남쪽에는 사직단을, 동쪽에는 경복궁을 거느리고 있었다.

인왕산의 줄기는 굽이쳐 내려오다가 수성궁이 있는 곳에 와서 문득 봉우리를 이루었다. 그다지 높고 험하지는 않았지만, 꼭대기에 올라가서 내려다보면 바둑판을 펼쳐 놓거나 별들이 늘어선 것처럼 거리에 흩어져 있는 가게들과 성안의 집들을 저 멀리에서 넉넉히 가리킬 수 있었다. 집들은 마치 베틀의 실오라기가 갈라진 것처럼 질서 정연히 잘 늘어서 있었다.

동쪽을 바라보면 경복궁이 아득히 보이고 그 사이로 임금이 다니는

윗길과 백성이 다니는 아랫길이 공중을 가로질러 뻗어 있었다. 게다가 수성궁 자리에는 짙은 푸른빛 구름과 안개가 아침저녁으로 허리춤에 걸려 한층 운치를 더해 주었다. 사람들은 저마다 한양 장안에서 가장 아름다운 곳이라고 말하곤 했다. 술꾼들은 노래 부르는 기생과 피리 부는 아이들을 데리고 가서 놀았고, 글 쓰는 사람들은 꽃 피고 버드나무 늘어진 봄이나 단풍이 물드는 가을이 되면 거의 매일 여기서 놀았으며 시를 짓고 노느라고 집에 돌아가는 것조차 잊을 정도였다.

청파동에 사는 유영이라는 선비도 수성궁의 아름다운 경치를 귀가 따갑도록 들어 왔다. 그런 곳이라면 한번 가서 놀아 보고 싶은 생각이 간절했다. 그러나 옷은 해지고 얼굴빛은 병자처럼 파리해 혹시 갔다가는 다른 놀이꾼들의 웃음거리가 될까 봐 오랫동안 주저하고 있었다.

어느 해 춘삼월, 유영은 보름이 지나서야 겨우 막걸리 한 병을 샀지만 함께 갈 하인 아이도 없고 친구나 아는 사람도 없었다. 혼자 술병을 차고 궁 안으로 들어가니 구경 온 사람들이 모두 손가락질을 하고 저희들끼리 수군수군 대며 웃지 않는 이가 없었다. 유영은 부끄러워 몸둘 바를 모르다가 사람이 없는 곳을 찾아 후원으로 들어갔다.

좀 높은 곳에 올라가 사방을 보니 전쟁이 막 끝난 뒤라 장안의 궁궐과 성안에 가득했던 화려한 집들이 다 무너져 버려 텅 비어 있었다. 무너진 담과 깨어진 기와 조각, 폐쇄된 우물과 무너진 돌계단 사이에는 잡초가 무성했으며, 그 가운데 온전한 것은 동문 두어 칸뿐이었다.

유영은 걸음을 옮겨 한가운데 연못이 놓인 그윽하고도 깊숙한 서쪽 정원으로 들어갔다. 우거진 풀들의 그림자가 맑은 못 위에 떨어지고,

땅 위에 가득 떨어진 꽃잎은 사람의 발자취를 몰라 바람이 일렁일 때마다 향기를 피워 올렸다.

유영은 홀로 바위 위에 앉아 소동파의 '내가 조원각에 오르니 봄은 반쯤 지났는데, 땅 가득히 떨어진 꽃 쓸어 버릴 사람조차 없네.'라는 옛 시 한 구절을 읊었다. 문득 울적하여 차고 온 술 한 병을 다 마시고는 크게 취하여 바위 위에 드러누워 돌을 베개 삼아 깜빡 잠에 빠져들었다.

얼마 후 술이 깨서 고개를 들어 보니 놀러 온 사람들은 다 가 버리고 흔적조차 희미했다. 동산에는 달이 이미 둥근데 안개는 버들가지를 포근히 감싸고 바람은 꽃잎을 어루만지고 있었다. 그때 어디선가 부드러운 목소리가 바람을 타고 귓가에 흘러들었다. 이상히 여긴 유영은 소리를 따라 걸음을 옮겼다. 걸음을 멈추자 마주 앉아 있던 한 젊은이와 참으로 아름다운 여인이 유영을 맞았다. 두 사람은 반가운 듯이 일어나 유영에게 인사를 건넸다.

유영이 그 젊은이에게 물었다.

"수재는 어떤 사람이기에 이런 밤에 여기 나와 놀고 있습니까?"

"옛사람이 '길 가는 도중에 수레를 세우고 서로 이야기한다.'라고 한 것은 바로 우리를 두고 한 말이지요."

그래서 이들 세 사람은 같이 앉아서 이야기를 하기 시작했다. 나지막한 소리로 미인이 누군가를 부르자 시녀 둘이 숲 속에서 나왔다.

"오늘 저녁 우연히 옛 친구를 만나고 또 뜻밖에 반가운 손님을 만났으니 이 밤을 헛되이 보낼 수가 없다. 너희들은 어서 가서 술과 안주를 준비해 오고 아울러 붓과 벼루도 가져오너라."

두 시녀는 잠시 후 술과 안주를 가지고 돌아왔다. 오가는 시녀들의 모습은 마치 날아다니는 새와 같았다. 유리로 된 술 단지에는 신선들이 마신다는 자하주가 가득히 담겨 있었으며, 진귀한 과일과 훌륭한 음식 등 모두가 인간 세상에서는 볼 수 없는 것들이었다. 미인은 노래를 부르며 술을 권했다.

깊고 깊은 궁 안에서 고운 임 이별하니
하늘이 맺어 준 인연 다하지 않아 뜻밖에 만났네
꽃 피는 봄날 애태우기 몇 번이었던가
구름 되고 비가 되어 즐김은 한갓 꿈일 뿐인 것을
지난 일 모두 닳아 없어져 티끌이 되었어도
부질없이 우리로 하여금 눈물로 수건 적시게 하네

노래를 마치자 구슬 같은 눈물이 한숨과 섞여 얼굴을 뒤덮었다. 이상히 여긴 유영은 공손히 물었다.

"비록 좋은 집안에서 태어나지는 못했지만 일찍부터 글을 읽어 시를

• **소동파(蘇東坡)** 중국 송나라 제일의 시인으로 '당송팔대가(唐宋八大家)'의 한 사람. 본명은 소식(蘇軾)이며 그가 쓴 〈적벽부〉는 중국의 부(賦) 문학사에서 최고의 걸작으로 알려져 있다. 인용한 시는 〈여산(驪山)〉의 일부이다.

• **수재(秀才)** 뛰어난 재주를 지닌 사람이란 뜻으로 소년을 높여 부른 말.

• **구름 되고 비가 되어 즐김** 위운위우(爲雲爲雨). 초나라 양왕이 낮잠을 자는데 꿈에 한 부인이 나타나 동침을 하고, 이튿날 아침에 부인이 떠나면서 '저는 무산의 동쪽 높은 언덕에 사는데 매일 아침이면 구름이 되고 저녁에는 비가 됩니다.'라고 말했다는 고사에서 유래한 구절이다.

조금은 알고 있습니다. 그런데 노래를 들어 보니 격조는 높으나 시상은 매우 슬프군요. 오늘 밤은 마침 달빛이 대낮처럼 밝고 맑은 바람이 천천히 불어와 기꺼이 즐길 만한데 서로 마주하고 슬피 우니 이것이 무슨 까닭입니까? 술잔은 더해 가는데 아직 성도 이름도 모르고 있으니 참으로 기이하고도 섭섭합니다.”

이렇게 말하면서 유영은 자신의 성명을 먼저 댔다. 억지로라도 상대방의 성명을 들어 보려는 것이었다. 어쩔 수 없다는 듯 젊은이가 대답했다.

“성명을 알리지 않은 것은 사연이 있어 그런 것인데 구태여 알려고 하십니까? 가르쳐 드리는 것은 어렵지 않지만 말을 하자면 사연이 좀 장황합니다.”

젊은이는 수심이 가득한 얼굴로 한동안 먼 곳을 바라보고 있다가 천천히 입을 열었다.

“제 성은 김입니다. 열 살 때부터 시를 잘 짓고 글을 잘 써 학당에서 이름이 났었고 열넷에 과거에 합격해 사람들이 모두 김 진사라고 불렀습니다. 그러나 어린 마음의 활달한 기운을 누르지 못하고 이 여인을 만나 마침내 불효한 자식이 되고 말았으니 이런 죄인의 이름을 알아서 무엇하겠습니까? 이 여인의 이름은 운영(雲英)이고 저 두 시녀의 이름은 녹주(綠珠)와 송옥(宋玉)인데, 모두 옛날 안평 대군의 궁녀였습니다.”

“말만 꺼내고 그만두는 것은 처음부터 하지 않은 것만 못합니다. 안평 대군 시절의 이야기와 진사가 상심하는 사연을 자세히 들을 수는 없겠습니까?”

김 진사가 운영을 돌아보며 물었다.

“벌써 세월이 오래되었는데 그때 일을 기억할 수 있겠는지요?”

“마음속에 쌓인 원한을 하루라도 잊을 수 있겠어요? 제가 이야기를 해 볼 터이니 혹시 빠지는 데가 있거든 채워 주세요.”

운영은 옷깃을 여미고 앉아 조용히 이야기를 시작했다.

안평 대군과 수성궁의 궁녀들

　세종 대왕의 여덟 왕자 가운데서 안평 대군이 가장 영특하셨습니다. 그래서 대왕께서 매우 사랑하셨지요. 안평 대군이 나이가 들자 많은 땅과 재물을 내려 주서서 대군은 열셋에 자신의 궁을 지어 나와 살면서 궁 이름을 수성궁이라고 했습니다. 학업에 힘을 쏟아 밤에는 독서에 전심하고 낮에는 시를 읊거나 글씨를 쓰면서 잠시라도 시간을 허투루 보내지 않으셨습니다. 당시의 이름난 문인과 재주 있는 선비들은 모두 수성궁에 모여들어 실력을 겨루었는데, 어떤 때는 새벽닭이 울 때까지 토론이 이어지곤 했습니다. 대군은 특히 글씨가 뛰어나서 나라 안에서는 따라올 만한 이가 없었지요.

　문종께서 왕위에 오르시기 전에 집현전의 여러 학사와 함께 안평의 필법을 거론하면서 항상 말씀하시곤 했습니다.

"""

"내 아우가 만약 중국에서 태어났다면 비록 왕희지에게는 미치지 못하겠지만, 어찌 조송설보다 못하겠는가?"

문종께서는 이렇듯이 안평 대군의 글씨에 대한 칭찬을 아끼지 않으셨습니다.

하루는 대군께서 저희들을 보고 이렇게 말씀하셨습니다.

"선비란 조용한 곳에 나아가 스스로를 갈고 닦은 후에야 비로소 학문을 이룰 수 있는 법이다. 성 밖으로 나가면 산천이 조용하고 한적하여 학업을 닦기에 좋을 것이다."

그러고는 곧 깨끗한 집 몇 칸을 짓고 거기에 게으름을 막는 집이란 뜻으로 비해당(匪懈堂)이란 이름을 붙이셨습니다. 그 옆에는 좋은 시를 짓기로 맹세한다는 뜻으로 맹시단(盟詩壇)이라는 단도 쌓았지요. 때로 그 단 위에는 당대의 문장가들과 명필들이 모여들었는데, 문장으로는 성삼문이 으뜸이었고 글씨로는 최흥효가 제일이었습니다. 하지만 모두 대군의 재주에는 미치지 못했지요.

어느 날 대군께서 술에 취해 궁녀들더러 말씀하셨습니다.

"하늘이 재주를 어찌 남자에게만 내렸겠느냐. 지금 세상에 문장가로 자처하는 사람이 많지만 빼어난 사람은 적다. 너희들도 힘써 공부

• 왕희지(王羲之) 동진 때의 명필. 고금을 불문하고 최고의 서예가로 꼽힌다.
• 조송설(趙松雪) 원나라 때의 명필인 조맹부(趙孟頫).
• 성삼문(成三問) 조선 초기의 문신으로 자(字)는 근보(謹甫). 집현전 학사로 활동했으며 사육신(死六臣)의 한 사람이다. 문집으로《매죽헌집(梅竹軒集)》이 있다.
• 최흥효(崔興孝) 문인이자 서예가로 조선 초기 서예가 중에서 가장 뛰어났다.

하도록 해라."

그 후 대군께서는 나이가 어리고 얼굴이 아름다운 궁녀 열을 뽑아 가르치기 시작하셨답니다. 먼저 《소학》을 가르치고 《중용》, 《대학》, 《맹자》, 《시경》, 《서경》, 《통감》 등을 차례로 가르치고, 또 이백과 두보 등이 지은 당나라 시 수백 편을 뽑아 가르치셨습니다. 대군의 생각대로 다섯 해가 지나자 우리 모두는 정말 나름의 학문을 이루었고 깨달은 바가 있었지요. 대군께서는 항상 저희들을 가까이 두시고 시를 짓고 읊게 하셨답니다. 그러고는 잘못된 곳을 바로잡아 주셨으며, 시의 고하를 차례대로 매기고 상과 벌을 내려서 우리를 격려했습니다. 이로 인해 우리의 탁월한 기상은 비록 대군에게는 미치지 못했지만, 음률의 청아함과 구법의 완숙함은 성당 시인들의 울타리를 엿볼 만했습니다.

궁녀 열 명의 이름은 소옥, 부용, 비취, 비경, 옥녀, 금련, 은섬, 자란, 보련, 운영이었는데 운영이 바로 접니다. 대군은 열 궁녀 모두를 사랑하셔서 우리를 잘 보살펴 주셨습니다. 그러나 우리를 늘 궁 안에만 있게 하고 바깥사람과는 이야기도 나누지 못하게 하셨답니다. 날마다 문사들이 찾아와 드나들었지만 우리가 그 근처에 얼씬거리는 것을 한 번도 허락하시지 않았는데, 이것은 바깥사람들이 우리의 존재를 알까 두려워해서였답니다. 그래서 자주 이런 명령을 내리곤 하셨지요.

"궁녀가 한 번이라도 궁문을 나가는 일이 있으면 그 대가는 죽음이다. 또 궁녀의 이름을 아는 외부인도 죽음을 면치 못할 것이다."

어느 날인가는 대군께서 바깥에서 돌아와 저희들을 부르셨습니다.

"오늘 몇몇 문인들과 술을 마시는데, 신비로운 푸른 연기가 궁중의

나무에서 일어나 성벽 꼭대기를 둘러싸기도 하고 또 산기슭으로 날아가기도 했다. 그래서 내가 먼저 시 한 수를 읊고 손님들에게 돌아가며 시를 짓도록 했으나 마음에 드는 것이 하나도 없었다. 그러니 너희들이 나이 순서대로 시를 지어 올려 보거라.”

그래서 소옥이 먼저 올리고 차례대로 시를 올렸지요.

푸른 연기는 가늘기 비단 같은데
바람 따라 문으로 들어오네
흐릿흐릿 짙어지는 듯 옅어지니
황혼이 오는 것도 미처 몰랐네

부용이 지어 올렸습니다.

공중에 날아올라 비를 두르더니
땅에 떨어져 다시 구름이 되었네
저녁이 가까워 오자 산 빛은 어두운데
그윽한 생각 초나라 임금을 향하네

비취가 지어 올렸습니다.

• 《소학》,《중용》,《대학》,《맹자》,《시경》,《서경》,《통감》 조선 시대에 유학을 공부하는 이들이 읽던 교과서.
• 이백(李白)과 두보(杜甫) 당나라의 대시인. 이백의 자는 태백(太白), 두보의 자는 자미(子美). 두 사람은 함께 시종(詩宗)으로 숭앙을 받으며, 늘 이름을 나란히 하여 흔히 이두(李杜)로 불렸다.
• 성당(盛唐) 중국 당대(唐代)의 시를 네 시기로 구분한 것의 두 번째 시기. 이백, 두보와 같은 유명한 시인들이 활동하는 등 당대에서 시문학이 가장 융성했던 시기.

구름이 꽃을 덮으니 벌은 힘을 잃고
조롱 같은 대숲에서 새는 깃들 곳을 모르네
황혼은 가랑비가 되어 내리는지
소슬한 빗소리 창밖에서 들려오네

비경이 지어 올렸습니다.

작은 은행나무는 싹 틔우기도 어려운데
외로운 대나무 홀로 푸른빛 간직하였네
가벼운 그늘은 잠시 무거울 뿐
해가 지면 또다시 황혼이 온다네

옥녀가 지어 올렸습니다.

해를 가린 구름 고운 비단처럼 가벼운데
산을 가로질러 푸른빛 길게 드리웠네
미풍이 불어오자 점점 흩어지더니
이내 작은 연못만 적실 뿐이네

금련이 지어 올렸습니다.

산 아래 서늘한 연기 쌓이더니
비스듬히 궁궐 나무 끝으로 날아드네
바람 불자 이리저리 밀려가는데
저물녘 햇살만 푸른 하늘에 그득하네

은섬이 지어 올렸습니다.

산골짜기에 짙은 구름 피어오르니
연못 누각에 푸른 그림자 흐르네
날아서 돌아갈 곳 찾지 못하고
이슬방울 되어 연잎에 머물렀네

자란이 지어 올렸습니다.

이른 아침 마을 어귀가 어둡더니

비끼어 높은 나무 아래로 이어졌네
잠깐 사이에 홀연히 날아가
서쪽 멧부리와 앞 시내에 걸쳐 있네

차례대로 저도 한 수를 지어 올렸지요.

멀리 바라보니 푸른 연기는 가늘기도 한데
미인은 문득 비단 짜기를 멈추네
바람을 쏘이며 홀로 슬퍼하니
생각은 하늘 날아 무산에 떨어지네

보련이 지어 올렸습니다.

짧은 골짜기 봄 그늘 속
장안의 물 기운 속에서 일어나더니
홀연히 사람 사는 세상을
푸른 구슬 궁궐로 만들었네

대군이 시를 다 살펴보고는 크게 놀라며 말씀하셨습니다.
"만당의 시와 비교를 하더라도 우열을 가리기 어려울 것이며, 근보

● **무산**(巫山) 중국 사천성에 있는 산으로, 초나라 양왕이 꿈속에서 무산의 선녀를 만나 하룻밤을 보냈다는 전설이 어려 있는 산.

● **만당**(晚唐) 당대(唐代)를 넷으로 구분한 것의 마지막 시기. 문종 이후 당나라 말까지 팔십여 년간이다.

성삼문 이하는 채찍을 잡을 수 없을 것이다.”

대군이 두세 번 읊조리고도 시의 높고 낮음을 분별치 못하더니, 한참 있다가 말했습니다.

“부용의 시는 초나라 임금을 사모한 것이기에 내가 매우 가상하게 생각한다. 그러나 비취의 시는 격조가 아름답고, 옥녀의 시는 생각이 뛰어나면서도 마지막 구에 넉넉한 뜻이 은은하게 깃들어 있으니, 마땅히 이 두 시를 으뜸으로 삼아야 할 것이다.”

대군은 또 말했습니다.

“내가 처음 볼 때는 우열을 분별하지 못했는데 다시 음미하면서 자세히 살펴보니, 자란의 시가 생각이 깊어 사람으로 하여금 깨닫지 못하는 사이에 감탄하며 춤추게 하는구나. 나머지 시들도 다 맑고 아름다운데, 다만 운영의 시만은 외로이 사람을 그리워하는 뜻이 있구나. 어떤 사람을 그리워하는 것인지 캐물어야 하겠지만 네 재주를 사랑하기에 잠시 그냥 덮어 두겠노라.”

저는 바로 뜰 아래로 내려가 엎드려 울면서 대답했습니다.

“시를 짓는 동안 우연히 나온 것인데 어찌 다른 뜻이 있겠습니까. 그러나 대군의 의심을 샀으니 죽어도 할 말이 없습니다.”

“시는 마음에서 나오는 것이어서 가리거나 숨길 수가 없는 것이다. 그만 되었다.”

그러고는 저를 일어나라 하시고 우리들에게 비단 열 필을 상으로 주셨습니다. 대군은 한번도 저에게 마음을 둔 일이 없었지만, 다른 궁녀들은 모두 대군의 뜻이 저에게 있는 줄 알고 있었지요.

동쪽 방으로 물러 나온 우리들은 촛불 아래서 옛 궁녀들의 시를 돌려 읽으며 토론을 벌였습니다. 그러나 저만은 병풍에 기댄 채 진흙 인형처럼 말없이 수심에 잠겨 있었지요.

그런 저를 보고 소옥이 말을 건넸습니다.

"왜 그러느냐? 대군의 의심 때문에 그러느냐, 아니면 대군이 너와 비단 자리에서 사랑의 기쁨을 나누려는 마음을 갖고 있기 때문에 속으로 좋아서 말을 하지 않는 것이냐? 네 속을 도무지 모르겠구나."

저는 옷깃을 여미면서 대답했습니다.

"너는 내가 아닌데 어떻게 나의 마음을 알겠느냐? 시 한 수를 생각하다가 좋은 구절이 생각나지 않아 그런 것뿐이란다."

은섬이 말했습니다.

"뜻이 향하는 곳에 마음이 없기 때문에 옆 사람의 말이 바람처럼 귀를 스쳐 간 것이다. 네가 말을 하지 않는 까닭을 알아내는 것은 어렵지 않다. 내가 네 뜻을 시험해 보겠다."

은섬은 즉시 창밖의 포도를 제목으로 삼아 시를 지으라고 재촉했지요. 저는 말이 떨어지자마자 바로 시를 지어냈습니다.

구불구불 이어진 넝쿨은 용이 나는 듯하고
푸른 잎사귀 그늘짐에 홀연히 정이 깃드네
따가운 여름 햇살도 능히 비추기를 거두었고
서늘한 그림자에 맑은 하늘은 헛되이 밝기만 하네
난간을 붙잡고 뻗어난 줄기는 마음을 머금은 듯하고
구슬을 드리운 듯한 열매 정성을 본받고자 하네

훗날 변화할 때를 간절히 기다리니
응당 비구름 타고 삼청에 오르리

소옥이 시를 보더니 절까지 하면서 칭찬을 늘어놓았지요.

"눈 깜짝할 사이에 이런 시를 지어내니 참으로 다시 만나기 어려운 재주로구나. 풍격이 높지 않은 것은 비록 옛 곡조와 유사하나, 이렇듯 순식간에 지어내는 것은 시인들이 가장 어렵게 여기는 것이다. 나는 칠십 명의 제자가 공자에게 복종했던 것처럼 기쁜 마음으로 너에게 기꺼이 머리를 숙이노라."

자란이 말했습니다.

"말은 조심해서 하라고 했는데 어찌 그렇게 지나친 칭찬을 하느냐? 그래도 표현이 은근하고 날아오르는 듯한 맛이 있다면 있구나."

자란의 말에 다른 사람들도 모두 고개를 끄덕였습니다. 그것으로 저를 향한 의심이 풀린 셈이었지만 그래도 다 풀린 것 같지는 않았습니다.

다음 날 문밖에서 요란한 수레 소리가 들리더니 손님이 왔다고 문지기가 고했습니다. 모두 당대의 문사들이었습니다. 대군은 동쪽 누각에 손님들을 모시고는 저희들이 지은 시를 보여 주었지요. 그러자 모두 크게 놀랐습니다.

"뜻밖에도 옛 당나라의 아름다운 시를 오늘에야 다시 보는 것 같습

---

* **삼청**(三淸) 도가에서 신선이 산다고 이르는 세 개의 궁.

니다. 대체 어디서 이런 보물들을 얻으셨습니까?”

“하인 녀석이 우연히 길에서 주워 온 것인데, 미루어 보건대 아마도 어느 양반집 재주 있는 여인의 손에서 나왔을 거요.”

그러나 모두들 대군의 말을 믿지 않았습니다. 뒤늦게 성삼문이 와서 말했습니다.

“재주는 다른 시대에서 빌릴 수 있는 것이 아닙니다. 예전 왕조부터 지금까지 이미 육백여 년 동안 우리나라에서 이미 시로써 이름을 날린 사람은 그 수를 헤아릴 수 없을 정도로 많습니다. 그러나 어떤 사람은 흐림에 빠져 우아하지 못하고, 어떤 사람은 경쾌하고 맑으나 들떠 있는 등 대개 음률에 합당치 않거나 성정을 잃어버렸습니다. 지금 이 시들을 보니 시가 맑고 담긴 뜻이 높아 속세의 자취가 조금도 없습니다. 이 시들은 분명 깊은 궁중 사람이 세상 사람들과 만나지 않은 채 오로지 옛사람의 시를 읽고 밤낮으로 읊으며 마음속에서 절로 깨달은 것입니다.

자세히 그 뜻을 음미해 보면, ‘바람을 쏘이며 홀로 슬퍼하니’라고 한 것은 임을 그리워하는 뜻이 담겨 있으며, ‘외로운 대나무 홀로 푸른빛 간직하였네’라고 한 것은 정절을 지킬 뜻이 담겨 있습니다. 또 ‘바람 불자 이리저리 밀려가는데’라고 한 것은 자신을 보존하기 어려운 태도가 담겨 있고, ‘그윽한 생각 초나라 임금을 향하네’라고 한 것은 임금을 향한 정성이 담겨 있으며, ‘이슬방울 되어 연잎에 머물렀네’와 ‘서쪽 멧부리와 앞 시내에 걸쳐 있네’라고 한 것은 천상의 신선이 아니면 형용할 수 없는 것입니다. 격조의 높낮이가 있으나 닦은 바 마음은 모두 같습니다. 이 궁중에 반드시 열 명의 선녀가 숨어 있을 것이니 숨기지 마시고 한번 보여 주시지요."

"누가 근보더러 시를 보는 눈이 있다고 했는가. 궁중에 어찌 그런 사람이 있겠는가. 의심도 심하군."

대군은 속으로는 탄복하면서도 겉으로는 시치미를 뗐습니다. 그때 우리들은 창틈으로 방 안의 대화를 가만히 엿듣고 있었는데 감탄하지 않는 사람이 없었지요.

그날 밤 절친한 자란이가 성의를 다해 물었습니다.

"시집가고픈 마음이 없는 여자가 어디 있겠니. 네 마음속에 담긴 애인이 어떤 사람인지는 모르지만 네 얼굴이 날로 수척해 가니 안타깝단다. 이것이 염려되어 진정으로 묻는 것이니 나에게 숨김없이 말 좀 해 주지 않으련?"

저는 자란의 성의와 우정에 감동하여 마음속에만 두었던 이야기를 조금씩 꺼내 놓기 시작했습니다.

예술을 사랑한 비운의 왕자

세종 대왕의 셋째 아들로 태어난 안평 대군은 예술을 늘 가까이하여,
세종 때의 문화사업을 이끌었으며 조선 제일의 명필이기도 했습니다.
반면 정치적으로는 실패한 인물로 평가되지요. 《운영전》의 또 한 명의
주인공으로 등장하는 안평 대군을 모시고 몇 가지 질문을 해 보았습니다.

아버지가 세종 대왕이시죠? 형제 관계는 어떻게 되나요?

제가 셋째입니다. 큰형이 문종, 작은형이 수양 대군이지요. 수양 대군과는 정치적
인 견해 차이로 사이가 좋지 않았죠. 결국 형이 계유정란을 일으켜 정권을 장악하
고 조카 단종을 쫓아낸 뒤 저 역시 사약을 받고 형의 손에 죽게 됩니다.

권력을 잡진 못했지만 인기가 대단했다고 들었는데요?

저는 사람을 사귀는 데 신분을 중시하지 않아서 주위에 늘 많은 사람이 모여들었지
요. 이개, 박팽년, 성삼문 등 집현전 학자들을 비롯해 다양한 사람을 만났는데, 이
로 인해 역모를 꾀한다는 오해를 사기도 했지요. 《운영전》을 보면 '비해당'이라는 곳
이 나오는데 실제로 '무계정사'라는 공간에서 내 학문과 예술이 꽃피었죠. 늘 벗들과
어울려 예술과 삶을 이야기하고, 함께 그림을 그리고 시를 주고받았지요.

화가 안견이 그린 〈몽유도원도〉와 안평 대군의 글씨, 덴리대학교 소장.

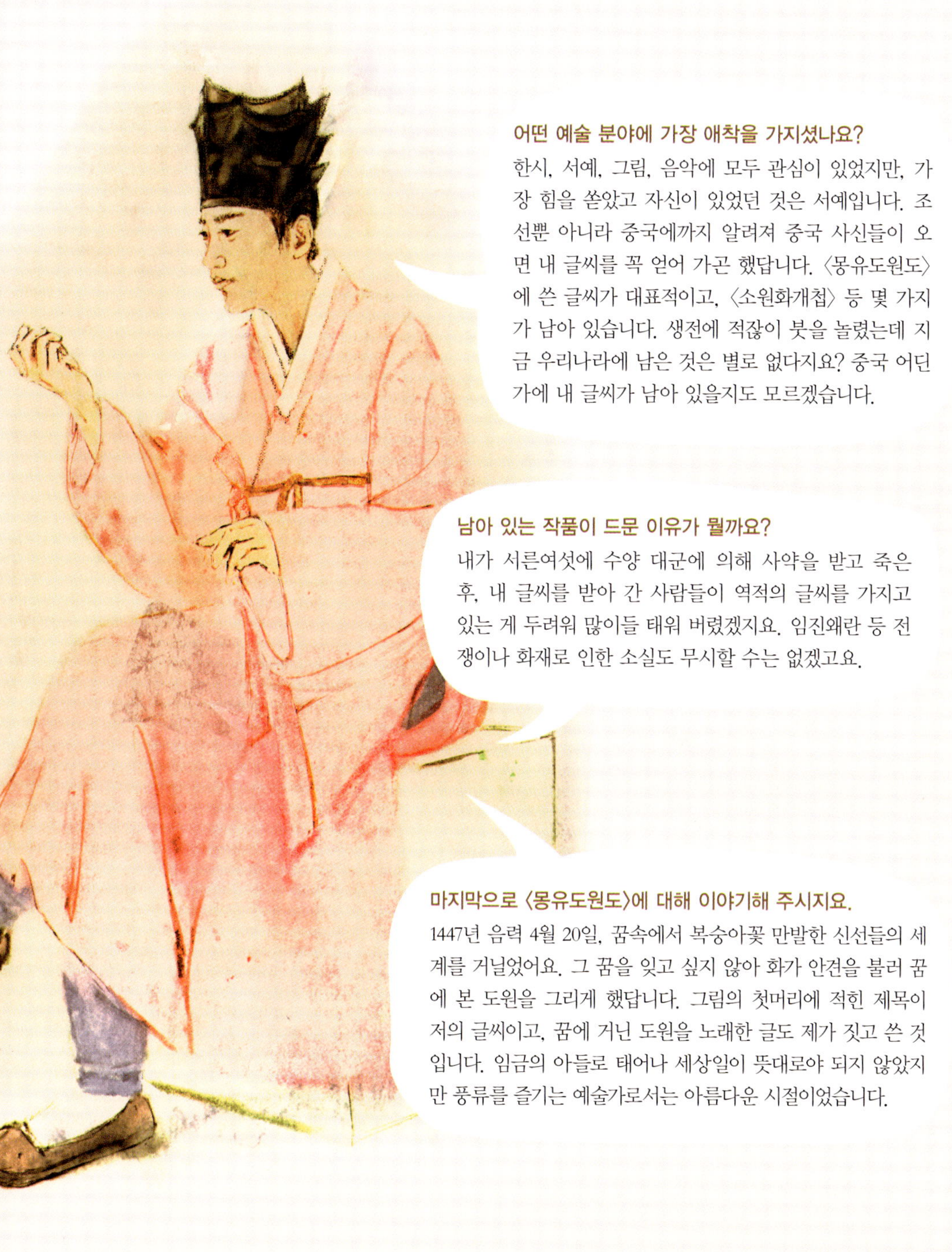

어떤 예술 분야에 가장 애착을 가지셨나요?

한시, 서예, 그림, 음악에 모두 관심이 있었지만, 가장 힘을 쏟았고 자신이 있었던 것은 서예입니다. 조선뿐 아니라 중국에까지 알려져 중국 사신들이 오면 내 글씨를 꼭 얻어 가곤 했답니다. 〈몽유도원도〉에 쓴 글씨가 대표적이고, 〈소원화개첩〉 등 몇 가지가 남아 있습니다. 생전에 적잖이 붓을 놀렸는데 지금 우리나라에 남은 것은 별로 없다지요? 중국 어딘가에 내 글씨가 남아 있을지도 모르겠습니다.

남아 있는 작품이 드문 이유가 뭘까요?

내가 서른여섯에 수양 대군에 의해 사약을 받고 죽은 후, 내 글씨를 받아 간 사람들이 역적의 글씨를 가지고 있는 게 두려워 많이들 태워 버렸겠지요. 임진왜란 등 전쟁이나 화재로 인한 소실도 무시할 수는 없겠고요.

마지막으로 〈몽유도원도〉에 대해 이야기해 주시지요.

1447년 음력 4월 20일, 꿈속에서 복숭아꽃 만발한 신선들의 세계를 거닐었어요. 그 꿈을 잊고 싶지 않아 화가 안견을 불러 꿈에 본 도원을 그리게 했답니다. 그림의 첫머리에 적힌 제목이 저의 글씨이고, 꿈에 거닌 도원을 노래한 글도 제가 짓고 쓴 것입니다. 임금의 아들로 태어나 세상일이 뜻대로야 되지 않았지만 풍류를 즐기는 예술가로서는 아름다운 시절이었습니다.

손가락에 잘못 떨어진 먹물 한 방울

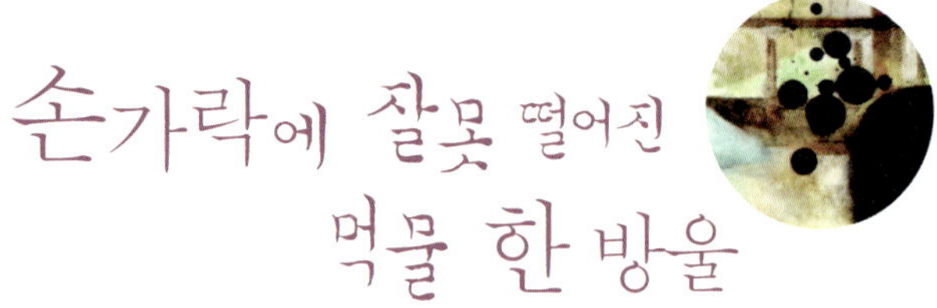

"궁녀들이 많으니 시끄럽게 떠들까 두려워서 감히 입을 열지 못했는데, 네가 이렇듯 물으니 어찌 숨길 수 있겠니? 지난가을, 국화가 피고 단풍이 질 무렵이었지. 대군이 서당에 홀로 앉아 시녀들에게 먹을 갈고 비단을 펼치게 한 다음 시를 쓰고 계셨어. 그때 하인 아이가 들어와 고하더구나.

'나이 어린 선비가 김 진사라고 하면서 뵙겠다고 하옵니다.'

'김 진사가 왔구나!'

대군은 환한 웃음을 보이시면서 손님을 맞았는데, 베옷에 가죽 허리띠를 맨 선비더구나. 빠른 걸음으로 섬돌에 오르는데 마치 새가 날개를 펴는 것 같더구나. 얼굴과 행동은 신선과 같았지.

'오랫동안 존명을 들었사온데 인제야 인사를 올리게 되어 황송하기

이를 데가 없사옵니다.'

'김 진사의 명성은 들은 지 이미 오래되었는데 이렇게 앉아서 인사를 받게 되니 나로서는 크나큰 기쁨이네.'

진사가 들어올 때 우리도 그 자리에 있었으나, 대군은 진사가 나이도 어리고 마음도 착하다고 여겨 편히 생각하셨는지 우리를 피하게 하지는 않으셨지. 대군이 진사에게 말씀하셨어.

'가을 경치가 매우 좋군. 바라건대 시 한 수를 지어 이 집이 빛나도록 해 주게.'

진사는 겸손히 사양하며 말하더라.

'헛된 이름이 사실을 가리고 말았습니다. 제가 어찌 감히 시를 알겠습니까.'

대군은 재촉하지 않고 금련에게는 노래를 부르게 하고 부용에게는 거문고를 타게 하고 보련에게는 단소를 불게 하고 비경에게는 술잔을 받잡게 하며, 나에게는 먹을 갈게 하셨는데 그때 내 나이 열일곱이었단다. 진사님을 살풋 보고 나니 그만 정신이 어지럽고 가슴이 울렁거렸지. 진사님도 나를 자주 돌아보면서 웃음을 머금은 채 눈길을 보내곤 하시더구나. 한참 시간이 흐른 뒤 대군께서 다시 한 번 부탁을 하셨지.

'나는 그대를 진심으로 기다렸는데, 그대는 어찌하여 구슬 같은 목소리를 그리 숨겨 이 집을 쓸쓸하게 하는가?'

드디어 진사님이 붓을 들어 시 한 수를 쓰셨지.

기러기 남으로 떠나니
궁 안에 가을이 깊었어라
물이 차니 연밥은 옥같이 벌어지고
된서리 내리니 국화는 금빛을 드리웠네
비단 자리에는 발그레 얼굴 고운 미녀들
구슬로 만든 줄로 백설곡을 연주하네
유하주 한 말에
먼저 취해 몸 가누기 어려워라

대군은 여러 차례 음미하다가 놀라며 말씀하셨지.

'진사는 참으로 천하에 둘도 없는 시재(詩才)로군. 어찌 우리가 이리도 늦게 만났던가.'

우리들도 서로 얼굴을 돌아보면서 한목소리로 말했지.

'어찌 세상에 이런 사람이 있겠어요. 이는 필시 신선이 학을 타고 속세에 내려오신 것입니다.'

대군은 술잔을 건네며 물었지.

'옛 시인들 가운데 누가 으뜸이 되겠는가?'

'시인마다 모두 다 자기의 특색을 지니고 있어서 쉽게 우열을 가려내기 어렵습니다. 그저 짧은 제 소견이나마 듣고 싶으시다면 말씀드리겠습니다. 이백은 천상의 신선으로, 오래도록 옥황상제의 향안전(香案前)

• **백설곡**(白雪曲) 중국 초(楚)나라에서 가장 훌륭했다는 가곡의 이름.
• **유하주**(流霞酒) 신선들이 마신다는 술의 이름.

에 있다가 현포에 놀러와서 옥액을 다 마시고, 취흥을 이기지 못하여 만년 묵은 나무에서 구슬 꽃을 꺾어 든 채 바람을 타고 인간 세계에 떨어진 기상입니다. 노조린과 왕발은 해상의 선인(仙人)으로 출몰하는 해와 달, 변화하는 구름, 요동치는 푸른 파도, 물을 뿜는 고래, 아득한 섬, 무성한 초목, 꽃처럼 일렁이는 물결, 물새들의 노래, 교룡의 눈물을 모두 가슴에 간직한 것이 그의 시의 조화입니다. 맹호연은 음향(音響)이 가장 높은데, 그는 사광에게 음률을 배우고 익힌 사람입니다. 이의산은 선술을 배워 일찍부터 시마(詩魔)를 부렸으니, 그가 일생 동안 지은 시는 모두 귀신의 말 같습니다. 그 나머지 잡다한 사람들이야 어찌 다 말할 수 있겠습니까?'

'매일 문사들과 함께 시에 대해서 논할 때마다 두보를 으뜸으로 삼는 사람이 많은데, 자네는 어찌하여 이렇게 말을 하는가?'

'그렇습니다. 속된 선비들이 좋아하는 것으로 말한다면, 회와 구운 고기가 사람의 입을 즐겁게 하는 것과 같습니다. 두보의 시는 짐짓 회와 구운 고기입니다.'

'두보는 온갖 문체를 구비하고 있으며 비흥이 매우 정교한데, 그대는 어찌하여 이를 가볍게 여기는가?'

진사가 사죄하며 대답했지.

'제가 어떻게 감히 두보를 가벼이 여기겠습니까? 그의 장점을 논한다면, 한무제가 미앙궁에 납시어 사방의 오랑캐들이 미쳐 날뛰는 것을 분하게 여기시고 장수들에게 정벌케 하니, 곰처럼 힘이 센 백만 명의 군사가 수천 리에 쭉 뻗어 있는 것과 같습니다. 그의 위대한 점을 말한다면, 사마상여로 하여금 〈장문부〉를 짓게 하고 사마천으로 하여금 〈봉선서〉를 짓게 한 것과 같습니다. 신선에서 구한다면 동방삭이 좌우에서 모시고 서왕모가 천도를 바칠 만합니다. 이 때문에 두보의 문장은 온갖 문체를 구비했다고 말할 수 있습니다. 그러나 이백과 비교한다면, 하늘과 땅을 비교할 수 없고 강과 바다가 다른 것과 같습니다. 왕유와 맹호연에 비교한다면, 두보가 수레를 몰아 앞서 달리고, 왕유와 맹호연이 채찍을 잡고 길을 다툴 것입니다.'

* **현포**(玄圃) 신선이 사는 곳으로, 중국 곤륜산에 있다고 전한다.
* **옥액**(玉液) 옥에서 나는 즙이라는 뜻으로, 도가에서 선약으로 여긴다.
* **노조린**(盧照鄰)**과 왕발**(王勃) 당나라 초기의 시인들로, 새로운 감각의 뛰어난 시풍을 보여 준 초당 사걸 중 두 사람이다.
* **교룡**(蛟龍) 상상의 동물로 뱀 모양에 네 발이 달렸다고 한다.
* **맹호연**(孟浩然) 성당 시기의 시인으로, 벼슬을 하지 않고 산중에 숨어 시를 썼다고 전해진다.
* **사광**(師曠) 춘추 시대 진(晉)나라의 음악가로, 음률에 뛰어난 것으로 유명하다.
* **이의산**(李義山) 만당 시기의 시인으로 본명은 이상은(李商隱). 유미주의적인 시를 썼다.
* **비흥**(比興) 수사법의 하나로 '비'는 저것으로써 이것을 비유하는 방법, '흥'은 먼저 다른 물건을 말함으로써 본래 말하고자 하는 것을 이끌어 내는 방법이다.
* **미앙궁**(未央宮) 한(漢)나라 때 지은 유명한 궁전.
* **사마상여**(司馬相如) 전한(前漢)의 문인.
* **〈장문부〉**(長門賦) 사마상여가 지은 부(賦)의 이름. 한나라 무제 때 진 황후가 장문궁으로 쫓겨나자 사마상여에게 황금 백 근을 주고 〈장문부〉를 짓게 했다.
* **사마천**(司馬遷) 전한의 역사가이자 문인으로, 역사책 《사기(史記)》의 저자이다.
* **〈봉선서〉**(封禪書) 《사기》의 팔서 중 하나.
* **동방삭**(東方朔) 전한 때의 사람으로, 서왕모의 복숭아를 훔쳐 먹고 장수했다고 전한다.
* **서왕모**(西王母) 먹으면 죽지 않고 오래 살 수 있다는 불사약(不死藥)을 지닌 선녀로, 옛날 중국에서 받들던 인물이다.
* **천도**(天桃) 하늘나라에서 난다고 하는 복숭아.
* **왕유**(王維) 성당 시기의 시인이자 화가로, 대표적인 자연 시인이다.

대군이 말씀하셨네.

'그대의 말을 들으니 가슴속이 확 트이며, 마치 긴 바람을 타고 태청궁에 오른 듯 황홀하네. 다만 두보의 시는 천하의 높은 문장이라, 비록 악부에 부족한 점이 있으나 어찌 왕유, 맹호연과 함께 길을 다투겠는가? 그러나 이 문제는 잠시 놓아두고, 그대가 또 시 한 수를 읊어서 이 집 전체를 더욱 빛내 주게.'

진사는 즉시 시 한 수를 지어서 읊었어.

연기 흩어진 금빛 연못에 이슬 기운 서늘한데
푸른 하늘은 물결처럼 맑아 밤은 이리 길기도 하구나
잔잔한 바람은 뜻이 있어 주렴을 걷고
흰 달은 정이 많아 작은 방에 들어오네
뜰 가에 그늘 열리니 소나무는 그림자 돌이키고
잔 속의 술이 일렁이니 국화 향기 머물렀네
완공이 비록 젊으나 자못 술 마실 수 있으니
술 항아리 사이에서 취한 뒤의 광기를 괴이히 여기지 마라

대군은 더욱 기이하게 여겨 자리 앞으로 나가 진사의 손을 잡고 말씀하셨네.

'진사는 이 세상의 선비가 아닌 듯하군. 나로서는 시의 높고 낮음을 말할 수가 없네. 또 문장과 필법이 능숙할 뿐 아니라 매우 신묘하기까지 하니 하늘이 그대를 우리나라에 태어나게 한 것은 우연이 아닐 것일세.'

대군은 또 김 진사에게 초서를 쓰게 하셨지. 그런데 진사가 붓을 휘날릴 때 먹물 한 방울이 내 손가락에 잘못 떨어졌단다. 내가 그것이 영광스러워 닦지 않고 두었더니 사방에 앉아 있던 궁녀들이 다들 빙그레 웃더군. 밤이 깊어지니 대군은 졸린 듯 기지개를 켜면서 말씀하셨지.

'내가 오늘 취했구나. 그대도 물러가 쉬도록 하라.'

그러나 대군은 진사에게 '내일 아침 뜻있거든 거문고 안고 오소.'라는 시구를 잊지 말고 날이 밝으면 다시 찾아오라고 이르셨어. 이튿날 대군은 진사의 시를 다시 펼쳐 보면서 말씀하셨지.

'김 진사의 시는 근보와 견줄 만하군. 허나 시의 맑은 맛은 근보보다 나은걸.'

나는 김 진사님을 본 후로 누워도 잠을 자지 못하고 먹어도 밥맛이 없고 마음이 괴로워서 어쩔 줄 몰랐지. 매일 멍하게 창밖을 보거나 작은 소리에도 혹시나 하여 마음이 두근두근 놀라곤 했지."

이야기를 마치면서 저는 자란에게 서운한 듯 물었습니다.

"너는 그걸 모르고 있었니?"

"미안해. 난 까맣게 잊고 있었단다. 네 말을 듣고 보니 술이 깬 것처럼 어슴푸레하게 생각이 난다. 얼마나 마음이 고생스러웠겠니."

• **태청궁**(太淸宮) 도교에서 신선이 산다고 하는 세 궁인 삼청(三淸) 중 하나.
• **악부**(樂府) 한시의 한 형식으로, 주로 풍속을 읊었으며 글귀에 장단이 있다.
• **완공**(阮公) 삼국 시대 때 위나라 사람이었던 완적(完籍). 술을 매우 좋아하고 거문고를 잘 탔다.
• **초서**(草書) 필획을 가장 흘려 쓴 서체.

조선의 문화 코드, 한시

《운영전》의 등장인물들은 만나기만 하면 한시(漢詩)를 주고받지요.
《운영전》뿐 아니라 조선 시대의 많은 한문 소설에서 주인공들이 자신의 심정이나
처지에 대해 말할 때 한시를 이용하는 것을 발견할 수 있습니다. 그렇다면 이들은
왜 이렇듯 일상적으로 시를 주고받는 것일까요?

가장 인기 있던 문화

조선 시대 한문 소설에 한시가 등
장하는 것은 일종의 문학적 관
습이라 할 수 있습니다. 지은이
의 문학적 실력을 드러내는 동시
에 등장인물의 됨됨이가 탁월함
을 극대화하려는 의도가 숨어 있
습니다. 또한 남녀의 만남과 사랑
을 좀 더 운치 있고 그윽하게 만
들기도 합니다. 그러나 무엇보다
한시를 쓰고 즐기는 것은 조선 시
대 사대부들에게 매우 중요하고
일상적인 문화였을 것입니다.

시를 쓰고 음미하는 선비들의 모습, 〈사인시음도(士人詩吟圖)〉, 강희언.

시 짓는 재주가 출세의 지름길

조선 시대 사대부들에게 한시는 개인의 능력을 평가하는 하나의 척도였습니다. 관직에
나가는 길은 과거 시험이 거의 유일했는데, 그 가운데 특히 문과가 중시되었고 시는 문
과의 가장 중요한 과목이었지요. 따라서 시를 잘 짓지 못하면 관직에 나가기 힘들었습니
다. 이런 상황에서 한시를 짓고 평가하는 일은 사대부들의 일상적인 문화가 되었습니다.
사대부 문인들이 모여 서로 운자(韻字)를 부르고 시를 지어 뜻을 나누며 풍류를 즐기는
것은 자연스러운 현상이었지요.

한시는 어떤 형식으로 지을까?

한시의 형식은 무척 까다롭습니다. 일정한 글자 수를 가지고 비슷한 소리가 반복되는 운(韻)을 갖추며 평측법, 대구법 등을 지키는 것이 한시의 기본적인 형식입니다. 아마도 엄격한 신분제를 유지하던 중세 동아시아 사회의 규범적인 삶의 양식이 시에도 반영된 결과일 것입니다. 중세적 질서가 흔들리고 신분제가 동요되던 중세 말기에 이르면 조선의 한시도 조금씩 자유로워지는 모습을 보이지요.

한시는 각 형식에 따라 일정한 글자 수와 구절 수를 가지고 있습니다. 글자 수는 다섯 자와 일곱 자가 가장 많고 구절의 수는 네 구절이나 여덟 구절이 가장 많지요. 네 구절로 이루어진 것을 절구(絶句), 여덟 구절로 이루어진 것을 율시(律詩)라고 했습니다. 또한 한시를 지을 때는 글자를 발음할 때의 높낮이(평측)와 비슷한 소리가 반복되는 운자(압운)를 규칙적으로 지켜야 했습니다. 시를 읊거나 노래할 때 음악적 조화를 이루어 시의 풍미를 돋우는 것을 중시한 것이지요.

오언 절구 다섯 자로 이루어진 네 구절의 한시. 둘째, 넷째 구의 끝 자에 압운을 둔다.

旅雁向南去	여안향남거	기러기 남으로 떠나니
宮中秋色深	궁중추색심	궁 안에 가을이 깊었어라
水寒荷折玉	수한하절옥	물이 차니 연밥은 옥같이 벌어지고
霜重菊垂金	상중국수금	된서리 내리니 국화는 금빛을 드리웠네

칠언 절구 일곱 자로 된 네 구절의 한시. 첫째, 둘째, 넷째 구의 끝 자에 압운을 둔다.

烟散金塘露氣凉	연산김당로기량	연기 흩어진 금빛 연못에 이슬 기운 서늘한데
碧天如水夜何長	벽천여수야하장	푸른 하늘은 물결처럼 맑아 밤은 이리 길기도 하구나
微風有意吹垂箔	미풍유의취수박	잔잔한 바람은 뜻이 있어 주렴을 걷고
白月多情入小堂	백월다정입소당	흰 달은 정이 많아 작은 방에 들어오네

한시는 어떤 내용으로 지을까?

한시의 또 다른 특징은 고사나 옛 시인들의 문장을 자주 인용한다는 것입니다. 지금이야 시를 지을 때 다른 사람의 시구를 인용하면 표절이 되지만, 한시에서만큼은 이런 형태가 시를 짓는 기본이 되었습니다. 오히려 고사나 시구를 얼마나 잘 운용하는가가 좋은 시의 기준이 되기도 했지요.

望遠靑煙細	망원청연세	멀리 바라보니 푸른 연기는 가늘기도 한데
佳人罷織紈	가인파직환	미인은 문득 비단 짜기를 멈추네
臨風獨惆悵	임풍독추창	바람을 쏘이며 홀로 슬퍼하니
飛去落巫山	비거낙무산	생각은 하늘 날아 무산에 떨어지네

운영이 지은 이 시의 마지막 행에 등장하는 '무산'은 초나라 양왕의 전설이 어려 있는 곳으로, 관련 고사를 알면 시를 좀 더 쉽게 이해할 수 있습니다.

초나라 양왕이 어느 날 낮잠을 자는데 꿈에 한 부인이 나타나 동침을 했답니다. 이튿날 아침에 부인이 떠나면서 "저는 무산의 동쪽 높은 언덕에 사는데 매일 아침이면 구름이 되고 저녁에는 비가 됩니다."라고 말을 했다는군요. 이 이야기에서 알 수 있듯 무산은 남녀의 사랑과 관련된 장소로, 《운영전》의 첫머리에서 운영이 부르는 노래에도 비슷한 내용이 들어 있습니다.

爲雲爲雨夢非眞　　위운위우몽비진　　구름 되고 비가 되어 즐김은 한갓 꿈일 뿐인 것을

여기서 '구름 되고 비가 되어 즐긴다.'라는 것은 양왕과 무산 선녀의 만남을 비유한 것으로, 남녀 사이의 사귐을 말한답니다.

이와 같은 형식과 표현법의 틀 안에서 조선 사대부들은 한시를 읊고 즐겼습니다. 운영과 김 진사 역시 이러한 틀 안에서 한시를 썼고, 그 한시를 통해 사랑의 마음을 담아냈습니다. 이러한 당시의 분위기가, 지금 우리가 가요를 부르고 즐기는 것과 똑같이 닮아 있다고 하긴 어려울 것입니다. 하지만 그 바탕과 형식은 다를지라도, 조선 시대 사람들 또한 우리와 비슷한 방법으로 자신의 생각과 감정을, 때로는 절절한 사랑을 노래했음은 분명합니다.

운영과 김 진사, 상사병에 걸리다

그 후로 대군은 자주 진사와 만났지만, 다시는 저희들과 만나지 못하게 하셨습니다. 그래서 저는 늘 문틈으로 엿보곤 했지요. 그러다가 어느 날 고운 종이에다가 시 한 편을 썼습니다.

베옷 입고 가죽띠를 두른 선비
옥 같은 얼굴은 신선과 같아라
날마다 주렴 사이 건너다보는데
어찌하여 월하의 인연 맺지 못하는가
얼굴 씻으니 눈물은 물줄기 되고
거문고를 타면 한은 줄이 되어 우네
끝없는 원망을 가슴속에 간직하고
머리 들어 호올로 하늘에 하소연하네

시와 금비녀를 함께 싸서 열 번을 거듭 봉한 다음 진사에게 마음을 전하려고 했지만 좋은 방법이 생각나질 않았습니다. 마침 그날 달이 뜬 저녁에 대군은 술잔치를 크게 열고 손님들에게 김 진사의 재주를 칭찬하면서 그가 지은 시 두 수를 보여 주었습니다. 대군이 보여준 시를 읽어 본 손님들은 모두 진사의 재주를 칭찬했습니다. 그러고는 모두들 한번 만나 보기를 원했습니다. 그래서 대군은 곧 사람과 말을 보내 진사를 청했습니다.

얼마 후 진사님이 오셨는데 얼굴은 파리하고 몸은 수척해져서 옛날의 모습이 전혀 아니었지요. 대군은 크게 걱정하며 인사의 말을 건넸습니다.

"진사는 아직 나라를 걱정할 나이가 아닌 것 같은데, 못가를 거닐면서 시를 읊느라고 파리해졌는가?"

그 소리에 손님들은 모두 크게 웃었습니다. 그러자 진사가 자리에서 일어나 절하며 말했습니다.

"저같이 천한 선비가 뜻밖에 대군의 사랑을 받다 보니 복이 지나쳐 화를 낳았습니다. 병마에 붙잡혀 먹지도 마시지도 못하고 움직이는 것도 남에게 의지해 있다가 대군께서 이렇게 다시 불러 주셔서 남의 부축을 받고 겨우 찾아뵈었습니다."

진사의 말을 들은 손님들은 모두 웃음을 거두고 무릎을 가다듬으

며 예를 표하더군요. 나이 어린 진사님이 맨 끝자리에 앉았는데, 저하고는 벽 하나를 사이에 두고 있을 뿐이었습니다.

밤이 깊어지고 손님들은 저마다 한껏 취했습니다. 저는 벽을 헐어 구멍을 조금 내고 들여다보았지요. 진사님도 제 뜻을 알고 구석을 향해 앉더군요. 제가 편지를 구멍으로 던졌더니 얼른 주워 숨기고 집으로 돌아가셨습니다.

진사님은 집에 돌아와 편지를 뜯어 시와 사연을 읽어 보고는 슬픔을 이기지 못하여 도무지 편지를 손에서 놓지 못하셨답니다. 그리운 마음은 전보다 더해 몸을 가누지 못할 지경이었답니다. 바로 답장을 쓴 다음 보내려고 했지만 전할 길이 없어 날마다 늘어 가는 것은 슬픔과 탄식뿐이었답니다.

김 진사, 무녀를 찾아가다

하루는 김 진사님이 동문 밖에 사는 무녀 소식을 들었답니다. 그 무녀는 영험하다고 소문이 나서 수성궁에 드나들면서 대군의 사랑과 믿음을 얻고 있었습니다. 진사는 그 무녀를 찾아갔답니다. 무녀는 나이가 서른도 되지 않은 과부로, 얼굴도 예뻤지만 남자를 밝히는 것으로도 소문이 자자했습니다. 진사가 들어오는 것을 본 무녀는 좋은 술과 안주를 급히 장만하여 대접했습니다. 그리고 거듭 술잔을 권했습니다. 진사는 잔을 잡기는 했으나 마시지는 않고 자리를 떠났습니다.

"오늘은 바쁘고 급한 일이 있으니 내일 다시 오겠습니다."

다음 날 다시 찾아갔더니, 무녀는 어제처럼 후하게 대접했습니다. 진사는 감히 부탁을 하지 못하고 또 말했습니다.

"내일 다시 오겠습니다."

무녀는 세상의 때가 묻지 않은 진사의 얼굴을 보고는 마음속으로 몹시 기뻤습니다. 그러나 연일 왔다가 말도 없이 가는 진사의 태도를 이상하게 여겼습니다. 무녀는 나이 어린 선비가 분명 부끄러워 말을 못하는 것이라 생각하고, 내일 다시 오면 은근히 정으로 유혹해 붙들어 놓고 밤을 지새우며 같이 자리라고 다짐했습니다.

다음 날 무녀는 목욕 후 짙은 화장을 하고 화려한 옷을 입고 꽃 같은 비단 이부자리를 깔아 놓고는 계집종에게 망을 보게 했습니다. 진사는 다시 찾아갔다가 무녀가 화장을 하고 화려한 옷을 입은 것을 보고는 이상하게 생각했습니다. 그런데 무녀가 은근하게 말을 걸었습니다.

"오늘 저녁, 무슨 인연으로 이렇게 훌륭한 분을 뵙게 되었을까요?"

진사는 그 말뜻을 알아들었으나 마음이 무녀에게 있지 않았기에 그 말에 대답을 하지 않았습니다.

불편한 표정으로 묵묵히 앉아 있었더니 무녀가 다시 묻더랍니다.

"과부의 집에 젊은 남자가 어찌 이리 자주 오시는지요?"

"소문에 점이 신통하다던데 내가 찾아온 이유를 아직 모르시오?"

그러자 무녀는 비로소 정신을 차려 신령 앞에 나가 절을 하고 방울을 흔들더니 온몸을 사시나무 떨듯 떨다가 한참 만에 입을 열더랍니다.

"당신 참으로 불쌍한 사람이로군. 이루기 어려운 일을 이루려고 하니 뜻을 이루지 못할 뿐만 아니라 삼 년 안에 저세상 사람이 되겠소."

그 말을 들은 진사는 울며 매달렸답니다.

"당신이 그렇게 말하지 않아도 그 정도는 짐작하고 있소. 하지만 마음속에 맺힌 이 괴로움은 무슨 약으로도 풀 수가 없다오. 만일 당신

의 도움으로 이 편지를 전한다면 죽어도 영광스럽겠소."

"제사 지낼 때 가끔 드나들기는 했지만 저같이 천한 무녀로서는 부르시는 일이 없으면 감히 수성궁에 들어갈 수가 없습니다. 그렇지만 진사님을 위해서 한번 가 보겠습니다."

무녀도 진사의 정성에 마음이 움직인 모양이었습니다. 진사는 품속에서 밀봉한 편지를 꺼내 주었습니다.

"조심하오. 잘못 전했다가는 여러 사람의 목숨이 떨어질 거요."

다음 날 무녀는 편지를 품고 수성궁에 들어갔습니다. 궁 안의 사람들은 모두 이상하게 여겼지요. 무녀는 궁 안에 나쁜 기운이 있어 쫓으려고 왔다고 둘러대고는 틈을 엿보다가 사람이 없는 후원으로 저를 이끌고 가서 편지를 건네주었지요. 방으로 달려와 문을 걸어 잠그고 뜯어 보니 이런 사연이 적혀 있었습니다.

한 번 눈길로 인연을 맺은 후 마음이 들뜨고 넋이 나가

날마다 성 쪽을 바라보며 얼마나 애를 태웠는지요.

벽 사이로 전해 준 사연을 받아 들고 마음이 떨려

다 펼치기도 전에 가슴이 메고 절반도 못 읽어 눈물이 글자를 적시니

사연을 다 읽지도 못하고 말았습니다.

아, 이를 어찌하리이까.

그 후로는 누워도 잠을 잘 수가 없고 먹어도 음식이 목으로 넘어가질 않아

나날이 병은 깊어 가나 어떤 약도 효험이 없습니다.

저승이 저기 보이는 것 같습니다.

오직 소원은 그대를 한 번 보는 것,

하늘님께서 저를 불쌍히 여겨 생전에 이 한을 풀 수만 있다면
제 몸을 부수고 뼈를 갈아서라도
하늘에 제사를 지내겠습니다.
편지를 쓰다가도 이리 서러워 목이 메니 다시 무슨 말을 더 하오리까.
예도 갖추지 못하고 서둘러 쓰나이다.

편지 사연 뒤에는 시 한 수도 적혀 있었습니다.

누각은 깊고 깊어 저녁 문 닫혔는데
나무 그늘 구름 그림자 다 회미하여라
꽃잎은 물에 떠 실개울을 흘러가고
어린 제비는 흙을 물고 처마 끝 찾아가네
베개에 기대어도 이룰 수 없는 나비의 꿈
눈을 돌려도 남쪽 하늘엔 흔적 없는 외기러기
구슬 같은 얼굴 눈앞에 있는데 어찌 말이 없는가
푸른 숲 꾀꼬리 울음에 눈물은 옷깃을 적시네

시의 마지막 구절을 읽고 나자 갑자기 주변의 온갖 소리가 끊겼습니다. 기가 막혀 입으로는 말이 되질 않았습니다. 눈물이 흐르고 흘러 눈물이 다하자 피가 뒤를 이어 흘러나왔습니다. 다른 사람들이 알까 봐 병풍 뒤에 숨어서 두려움에 떨었습니다.

그 후로는 잠깐이라도 진사님을 잊은 적이 없었습니다. 저는 마치 바보나 미치광이가 된 것 같았습니다. 이러한 제 마음이 말과 얼굴에 나타나니, 대군이 의심하고 남들이 이상하게 여기는 일이 실로 헛된

것이 아니었습니다. 자란 역시 원한이 맺힌 여자인지라, 이 말을 듣고 눈물을 머금으며 말했습니다.

"시는 성정에서 나오는 것이니 속일 수가 없구나."

하루는 대군이 비취를 불렀습니다.

"열 명이 한방에 함께 있으니 공부에 전념하기 어려울 것이다. 다섯은 새로 지은 서궁(西宮)으로 옮기도록 해라."

그날로 저는 자란, 은섬, 옥녀, 비취와 같이 서궁으로 이사를 했습니다. 짐을 정리하면서 옥녀가 말했습니다.

"그윽한 꽃, 가녀린 풀, 흐르는 물, 아름다운 수풀이 포근히 감싸고 있어 책 읽기에 참 훌륭한 곳이로구나."

"산사람도 중도 아니면서 이렇게 깊은 궁에 갇혔으니 이야말로 장신궁과 다를 바 없구나."

제가 이런 말을 했더니 궁녀들 모두 우울한 얼굴로 탄식했습니다.

저는 서궁에 있으면서도 날마다 답장을 써서 전할 기회를 기다리고 있었습니다. 진사도 정성껏 무녀를 섬기면서 간절히 부탁을 했더랍니다. 그러나 무녀는 더 이상 부탁을 들어주지 않았지요. 아마도 진사의 뜻이 자기한테 없는 것을 유감으로 여겨 그랬을 것입니다.

---

* **장신궁**(長信宮) 중국 한나라의 태후(太后)가 과부가 되어 홀로 살았던 궁궐.

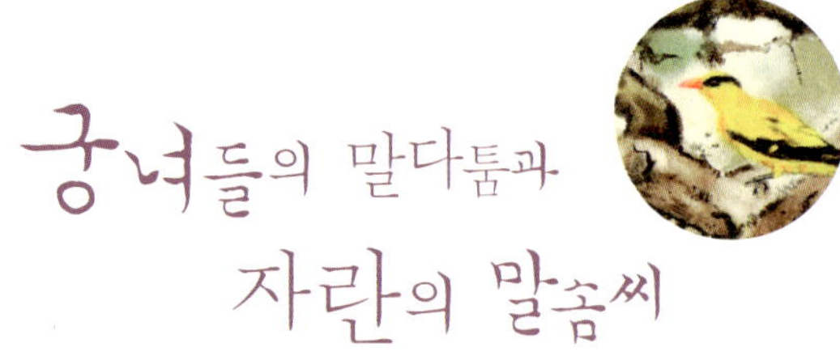

궁녀들의 말다툼과 자란의 말솜씨

어느 날 저녁 자란이 가만히 말을 건넸습니다.

"궁 안 사람들이 해마다 한가위 때쯤이면 탕춘대 아래 개울에서 빨래를 하고 술자리를 마련하는 일이 있단다. 올해는 이를 소격서동에서 하고 오가는 사이에 그 무녀를 찾아가 보면 어떨까?"

다른 길이 없었던 저는 좋은 방법이라고 생각했지요. 하루를 한 해처럼 한가위를 기다리고 기다렸습니다. 그런데 비취가 우리 말을 엿듣고 모르는 체하며 나중에 저에게 물었습니다.

"처음 궁에 들어올 때는 얼굴빛이 배꽃 같아서 화장을 안 해도 타고난 자태가 아리땁더니, 무슨 일로 요사이는 나날이 얼굴빛이 시든 꽃처럼 변해 가느냐?"

"본래 몸이 허약해서 여름이면 더워서 마르는 병이 있단다. 오동잎이 떨어지고 아침저녁으로 서늘한 기운이 돌기 시작하면 그때부터는 조금 나아진단다."

제 대답을 듣고 비취는 저를 놀리는 시를 한 편 읊어 주었습니다. 모두 조롱에 찬 어투였으나 뜻과 생각이 참으로 절묘했습니다. 저는 그 재주를 기특하게 여기면서도 그녀의 조롱에 몹시 부끄러웠답니다.

그럭저럭 두어 달이 지나가고 가을이 아침저녁으로 창틈에 스며들었습니다. 서늘한 바람은 옷깃 사이에서 일어나고 고운 국화는 누런 꽃을 피웠으며, 풀숲의 벌레는 목소리를 가다듬었고 흰 달은 더욱 곱게 화장을 했습니다. 저는 속으로 가을이 된 것을 기뻐했으나 그 기쁨을 말로 표현하지는 않았습니다. 그런데 어떻게 눈치를 챘는지 은섬이 이렇게 말했습니다.

"편지를 전하기 좋은 시절이 멀지 않았으니, 인간 세상의 즐거움이 어찌 천상과 다르리오."

이 말을 들은 저는 더 이상 서궁 사람들을 속일 수 없다는 것을 알고, 다른 궁녀들에게 사연을 모두 털어놓으며 사정을 했지요.

"제발 남궁 사람들이 알지 못하게 해 다오."

계절이 더욱 깊어져 기러기는 남쪽을 향해 날아가고 풀잎에는 구슬 같은 이슬이 맺혔습니다. 맑은 시냇물에 빨래할 때가 다시 찾아온 것이지요. 궁녀들은 머리를 맞대고 날짜와 장소를 정하려고 했으나 서로 의견이 맞지 않았습니다.

남궁 궁녀들은 주장했습니다.

"맑은 물과 흰 돌은 탕춘대 밑보다 나은 데가 없단다."

이에 대해 서궁 궁녀들이 말했습니다.

"소격서동의 경치가 탕춘대에 못지않은데, 왜 너희들은 꼭 예전에 갔던 곳만을 고집하느냐?"

남궁과 서궁 궁녀들 사이의 말싸움은 끝이 보이질 않았습니다. 서궁의 사연을 모르니 당연했던 것이지요. 끝내 남궁 사람들이 고집을 부려 결국은 아무런 결정도 짓지 못하고 말았습니다.

그날 밤에 자란이 또 꾀를 냈습니다.

"남궁의 다섯 사람 중에 소옥이가 주동자니까 소옥이 마음만 돌리면 될 거야. 나한테 생각이 있어. 기다려들 봐."

그러고는 등불을 앞세우고 남궁으로 찾아갔습니다. 금련이 먼저 나와 반갑게 맞아 주었지요.

"우리가 남서로 서로 갈라진 후 진나라와 초나라처럼 사이가 멀어졌는데, 이렇게 뜻밖에 귀한 몸이 찾아오니 정말 반갑고 고맙구나."

옆에 있던 소옥이 빈정대듯이 말을 던졌습니다.

"고마울 게 뭐 있니? 얘는 우릴 설득하러 온 유세꾼이란다."

자란이 옷깃을 가다듬고 정색을 하며 소옥에게 말했습니다.

"넌 남의 마음을 잘 헤아리는 모양이구나. 유세꾼이라니 그게 무슨 말이냐?"

"서궁 사람들이 소격서동으로 가자고 하는데 내가 유독 고집을 부려

못 가게 되었잖니. 그래서 네가 이 밤중에 우리를 찾아왔을 테니 유세꾼이 아니면 무어란 말이냐? 하고 싶은 말이나 해 보거라.”

“사실은 서궁 사람들 다섯 중에 소격서동으로 가자는 이는 나 혼자뿐이란다.”

“그래, 그건 또 무슨 까닭이냐?”

“내가 들어 보니 소격서동은 바로 옛날에 옥황상제께 제사를 드리던 곳으로, 삼청동이라고도 부른단다. 아마도 우리 열 명은 저 하늘에 있다는 삼청궁에서 선녀로 살다가 실수로 옥황상제께 죄를 지어 인간 세상에 귀양 왔을 것이야.

속세에 쫓겨 온 이상 인간 세상 어디서 살든 상관은 없지만 깊고 깊은 궁궐 속에 마치 새장 속의 새처럼 갇혔으니, 나는 꾀꼬리 울음만 들어도 탄식하고 푸른 버들을 두고도 한숨 짓고, 쌍쌍이 나는 제비와 마주 앉아 졸고 있는 산비둘기만 보아도 외로워진단다. 들풀 중에도 합환초가 있고 나무 중에도 연리지가 있다. 무지한 초목과 지극히 미천한 새들도 음양이 있어 즐거움을 나누는데, 우리들은 무슨 죄가 그렇게도 커서 적막한 궁궐 속에 숨어 꽃 피는 봄과 달 뜨는 가을에 등불만 벗하면서 혼을 사르고 청춘을 썩혀야 한단 말이냐? 인생이란 한 번 늙고 나면 다시는 젊어지지 않는 것이니, 생각만 해도 슬픔이 가슴

● **합환초**(合歡草) 한 그루에 줄기가 백 개 있는데, 낮에는 각기 떨어져 있으나 밤이 되면 합쳐져 한 줄기가 된다고 하는 기이한 풀의 이름.

● **연리지**(連理枝) 뿌리가 다른 두 나무의 가지가 서로 이어져서 하나가 된 것. 흔히 애정이 깊은 부부의 관계를 이른다.

을 비집고 흘러내린단다.

이제 일 년에 한 번뿐인 이런 좋은 때를 맞아 맑은 시내에 가 몸을 깨끗이 하고 옥황상제를 모신 태을사에 들어가 머리가 땅에 닿도록 백 번이라도 절을 하고 손을 모아 빌고 빌어 우리 죄를 용서받을 수 있다면, 그래서 다음 세상에서는 이런 고생을 면할 수 있다면 좋은 일이 아니겠니?

그런 뜻으로 내가 소격서동을 고집한 것이지 여기에 어찌 다른 뜻이 있을 수 있겠니? 우리 열 명은 자매처럼 정을 나누며 지내 왔는데 이런 일로 서로 의심해서야 쓰겠니? 내가 까닭 없이 고집을 피우는 것은 아니란다."

시비를 걸려던 소옥은 오히려 자란의 말에 감동을 받았습니다.

"내가 이치에 밝지 못해 네 생각에 못 미쳤구나. 내가 서궁 사람들의 생각에 찬성하지 않은 것은 그 근처에 무뢰한들이 많다는 소문이 있어서 혹시나 욕을 당할까 봐 걱정해서란다. 이제 네 고귀한 뜻을 알았으니, 이후로는 비록 밝은 대낮에 구름을 타고 하늘에 올라간다 하더라도 네 뜻을 따를 것이며 강이나 바다에 들어간다고 해도 너를 따르리라."

"무릇 일은 마음이 정해져야 하는데, 지난번에 마음을 정하지 못하여 두 사람이 밤새도록 논쟁을 벌이고서도 결정을 못 내린 것은 순리에 따르지 못한 것이요, 궁에서 일어나는 일을 대군께 알리지 않고 첩들끼리 몰래 모의한 것은 충(忠)에 어긋나는 것이며, 낮 동안 다투던 일을 밤이 채 반도 지나기 전에 바꾼 것은 신의를 잃는 것이다.

게다가 가을에는 옥같이 맑은 물이 없는 곳이 없거늘 제단이 있다는 이유 하나로 소격서동을 그렇게 고집하는 것도 이해할 수 없구나. 또 비해당 앞은 물이 맑고 돌도 깨끗해 작년에도 거기서 빨래를 했는데 왜 새삼스레 다른 곳으로 바꾸려고 하느냐? 다른 사람들이 다 가더라도 나는 따르지 않겠다."

부용이 두 사람에게 불만을 보이며 하는 말이었지요. 보련 또한 반대 의사를 분명히 표시했습니다. 다들 사리가 분명하고 똑똑한 궁녀들이었으니까요.

"말이라고 하는 것은 문신하는 바늘과 같은 것이다. 조심하느냐 마느냐에 따라 화도 생기고 복도 생기는 것이지. 그래서 예로부터 제일 조심해야 할 것이 말이라고 했다. 내가 옆에서 너희들의 대화를 듣고 있자니 자란의 말에는 무엇인가 숨겨진 것이 있고 소옥의 말은 상대방을 인정하지 않으면서도 마지못해 따르는 것이고 부용의 말은 말을 꾸미는 데만 힘을 쓰고 있으니 어느 것도 내 뜻에는 맞지 않는다. 그러니 나는 이번 행차에는 참여하지 않겠다."

옆에 금련이 있다가 끼어들었습니다.

"오늘 저녁 의논도 결국 합의에 이르지 못했구나. 내가 점을 쳐서 하늘의 뜻을 알아보지. 서로 화해할 수 있으면 좋으련만……."

금련은 말끝을 흐리며 주역을 펴 놓고 점을 치기 시작했습니다. 그러고는 곧 한 괘를 얻어 괘 풀이를 했지요.

"내일 운영은 반드시 남자를 만날 것이다. 운영은 얼굴과 행동이 세상 사람들과 다른 바가 있어 대군께서 오랫동안 운영에게 마음을 기울었으나, 운영이 대군의 부인을 생각하여 죽음으로 거역하고 있고, 대군 또한 자칫 운영의 몸을 상하게 할까 두려워 감히 가까이하지 못하는 것이다.

이제 운영이 쓸쓸한 곳을 버리고 화려한 곳으로 가려 하니 장안의 활달한 소년 선비들이 그 미모를 보고는 넋을 잃고 미치지 않는 자가 없을 것이요, 비록 가까이하지는 못하더라도 손가락질을 하고 눈짓을 보낼 것이니 이는 수치스러운 일이요, 대군을 욕되게 하는 일이 아닐 수 없을 것이다. 전에 대군께서 명령하시기를 궁녀가 문을 나가거나 바깥사람이 궁녀의 이름을 알면 죽을 것이라고 했으니, 나 또한 이런 행차에는 따라갈 수가 없다."

자란은 일을 그르친 것을 알고 상심하여 어두운 얼굴로 자리에서 일어나려고 했지요. 그런데 비경이 울면서 허리를 안고 억지로 붙잡아 앉혔지요. 그리고는 앵무 술잔에 술을 따라 자꾸 권했지요. 다른 궁녀들도 다들 술잔을 잡았답니다. 서로 다투기는 했어도 가슴 저편에 숨은 슬픔이 서로를 전염시킨 것이겠지요. 한참을 술잔만 기울이다가 금련이 먼저 입을 열었습니다.

"오늘 저녁 모임은 조용히 마쳤으면 했는데 비경이 우니 나도 정말 괴롭구나."

비경이 그 말을 받았지요.

"전에 남궁에 함께 있을 때 운영과 더불어 생사와 영욕을 함께하자고 약속했었는데 사는 곳이 달라졌다고 잊을 수 있겠니. 며칠 전 대군 앞에 나가 문안을 드릴 때 운영을 보니 손은 말라 더 가늘어졌고 얼굴은 더 해쓱해졌으며 목소리는 약해져 들릴락 말락 하더구나. 일어나 절을 하다가는 힘없이 넘어져 내가 붙들어 일으키지 않았겠니. 나중에 위로의 말을 했더니 '불행하게도 병을 얻어 목숨을 기약할 수 없으니 내 천한 목숨이야 죽어도 애석하지 않겠지만, 아홉 벗들의 나날이 빛나는 아름다운 시편을 볼 수 없는 것이 너무나 슬프다.'라고 하더구나.

그 말이 하도 처절해서 나는 그때 눈물을 흘렸지. 지금에 와서 생각하니 운영의 병은 실로 임을 그리워한 때문이었구나. 아! 자란은 운영의 진정한 벗이로다. 죽음에 임한 사람을 데리고 소원을 빌러 가는 것도 난감한 일이지만, 만약 이 계획이 이뤄지지 못해서 운영이 저승에 가서도 눈을 감지 못한다면 더더욱 곤란한 일이 될 것이요, 그 원한이 다 남궁으로 돌아올 것이니, 아 이를 어찌하면 좋으랴!"

소옥이 결심한 듯 말을 했습니다.

"나는 이미 가겠다고 했고 다른 몇 사람도 뜻을 따르기로 했는데 어찌 중도에 그만두겠어. 나는 두말 않고 운영을 위해 죽을 것이니 너희들도 의사를 분명히 밝히려무나."

"따르는 사람이 반이요 따르지 않는 사람이 반이니 안타깝게도 일은 다 틀린 것 같구나."

자란은 짐짓 실망한 듯 자리를 털고 일어났지요. 자란은 방문을 열고 나가다가 말고 뒤를 돌아보았지요. 눈치가 빠른 자란은 따라 나오는 사람들의 얼굴에서 뜻을 같이하고 싶기는 하지만 한 입으로 두 말하기가 부끄러워 망설이는 표정들을 재빨리 읽었지요.

돌아서서 자란은 다그치듯 말했습니다.

"세상일에는 바른길만 있는 것이 아니다. 비록 바르지 못한 방법이라도 맞게만 쓰면 그것도 결국 바른길이 되는 것이다. 어찌 너희들은 융통성도 없이 먼저 한 말만 지키려고 애를 쓰느냐?"

그 말에 모든 궁녀가 고개를 끄덕였다는군요.

"옛날에는 소진이란 사람이 말로 여섯 나라를 뭉치게 하더니 오늘은 자란이 우리 다섯 사람을 설득했구나. 과연 훌륭한 말솜씨로구나!"

비경이 칭찬을 하자 자란은 웃음을 머금으며 농담을 던졌지요.

"그래서 소진은 여섯 나라의 재상 자리를 차지했는데 그대들은 나에게 무엇을 주려 하는가? "

"여섯 나라의 동맹은 여섯 나라 모두에게 이익이 되었지만, 오늘 우리의 동맹은 우리에게 무슨 이익이 되느냐?"

금련의 재치 있는 말대꾸에 다들 얼굴을 마주 보며 오랜만에 크게 웃었지요.

"남궁 사람들이 다들 착해서 죽어 가는 운영의 목숨을 다시 살렸으니 어찌 사례가 없으리."

일어나 절을 하면서 자란은 다시 한 번 말다짐을 두었습니다.

"다섯 사람 모두 따르기로 한 거야. 위에서는 하늘이 보고 아래서는 땅이 보고 촛불이 보고 귀신이 보았으니 내일 가서 다른 말이야 없겠지?"

자란이 일어나 절하고 나가니, 모두 일어나 문밖까지 따라 나가 전송을 했습니다.

자란이 돌아와 저에게 말을 전했습니다. 저는 일어나 큰절을 올리며 고마움을 전했습니다.

"나를 낳아 준 사람은 부모지만 나를 살려 준 사람은 바로 너로구나. 땅에 들어가기 전에 맹세코 이 은혜를 갚을 게다."

● **소진(蘇秦)** 중국 춘추전국 시대에 외교술을 발휘하여, 약한 여섯 나라가 힘을 모아 진나라에 대항하도록 했던 인물.

궁궐의 살림꾼이자 전문직 여성

《운영전》에 등장하는 궁녀들은 특이한 임무를 맡았지만 궁녀 대부분은 왕실에서 국왕과 그 가족이 불편 없이 살아가도록 궁궐의 살림을 책임지는 존재였지요. 이들은 주로 일상생활과 관련된 일을 했는데, 역할에 따라 소속 부서가 나뉘어 있었습니다. 부서의 격이 높을수록 어린 나이에 입궁하여 궁녀로서의 교양을 쌓았습니다. 아기 나인 때부터 소속이 정해져 있었으며 부서의 선배 상궁이 맡아 양육했지요. 입궁 후 15년 정도 엄격한 교육을 받으면 정식 나인이 되어 업무를 맡았답니다.

지밀 나인

왕의 침실을 담당하는 지밀(至密)은 왕과 왕비의 신변을 보호하고 시중을 들며 내전의 물품을 관리하는 일을 했습니다. 4~5세에 입궁하여 7~8세 무렵부터 궁녀로서의 몸가짐과 궁중 용어를 배우고 글공부를 했습니다. 왕과 가까이했기 때문에 가장 높은 부서였고, 그중 왕명을 받들고 내전의 재산을 관리했던 제조상궁(提調尚宮)은 궁녀의 대표였습니다.

침방과 수방 나인

의복을 만드는 침방(針房)과 수를 놓는 수방(繡房)의 궁녀는 6~8세에 궁에 들어와 주요 임무인 바느질과 수놓는 방법을 익혔습니다. 예의범절은 따로 교육받지 않고 실제 생활 속에서 배웠고, 글공부는 《소학언해본》을 읽는 정도였지요. 침방과 수방은 중간 정도의 위치에 있는 부서였습니다.

소주방 · 생과방 · 세답방 나인

식사를 담당하는 소주방(燒廚房)과
음료와 과자 따위의 별식(別食)을 만
드는 생과방(生果房) 나인, 빨래와
옷의 뒷손질을 맡아 한 세답방(洗踏
房) 나인은 각자 맡은 기술을 습득
하는 교육을 주로 받았으며, 상대적
으로 낮은 지위의 부서였습니다.

나인의 서열

견습 나인은 머리를 두 가닥으로 땋아 말아 올리고 댕기를 늘였으며 노랑 저고리에
남색 치마를 입었습니다. 이들을 생각시 또는 각시라고 불렀지요 나인이 되면 머리
를 얹어 쪽을 지고 남색 치마에 옥색 저고리를 입었습니다. 견습 나인부터 시작해서
30~35년이 지나서야 오를 수 있었던 상궁은 옥색 저고리, 남색 치마에 당의를 입고
개구리 모양의 첩지를 머리에 달았습니다.

운영과 김 진사, 몰래 만나다

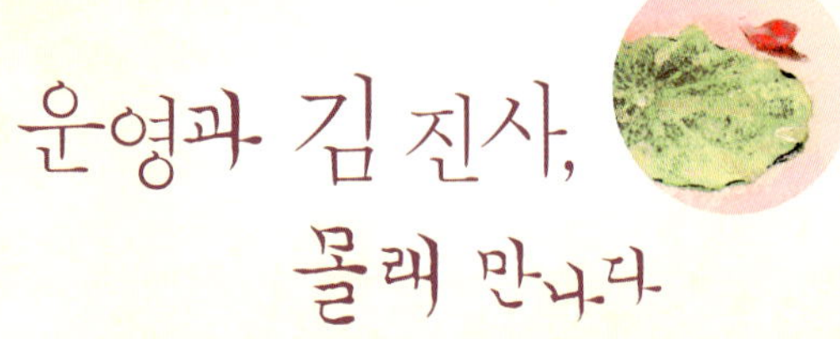

다음 날 아침 궁녀들이 하나둘 모여들었습니다. 다들 모이자 소옥이 말했습니다.

"하늘은 맑고 물은 차니 빨래할 때가 되었구나. 오늘 소격서동에다가 천막을 치는 것이 좋겠다."

아무도 이의를 다는 사람이 없었습니다. 저는 조용히 물러 나와 서궁으로 돌아가 흰 비단 치마에 가슴 가득 고여 있던 슬픔과 한을 써 내려갔습니다. 사연을 고이 접어 품에 품고는 자란이와 같이 일부러 멀찍이 뒤떨어져 출발했습니다. 그러고는 마부에게 다른 길을 일렀습니다.

“동문 바깥에 있는 무녀가 아주 신통하다고 하니 그 집에 먼저 들러 내 병에 대해 물어보고 가겠다. 먼저 그리 가자.”

마부는 그 말을 믿고 따라 주었습니다. 저는 무녀 집에 이르러 무녀에게 좋은 말로 간절히 부탁했습니다. 애걸복걸한 것이지요.

“김 진사를 한번 만나 보고 싶어 찾아온 것뿐입니다. 도와주신다면 죽을 때까지 은혜를 갚겠습니다. 제발 김 진사님께 연락을 좀 해 주십시오.”

제 간절한 부탁을 무녀도 차마 거절하지는 못했습니다. 무녀의 연락을 받은 진사는 엎어질 듯 달려왔습니다. 막상 만나고 보니 둘은 할 말도 못하고 한참 동안 눈물만 흘릴 뿐이었습니다. 가슴 가득 고였던 그리움의 한이 눈물로 넘쳐 흘렀던 것이지요. 저는 갈 길이 있어 편지를 주면서 말했습니다.

"이따 저녁때 꼭 돌아오겠어요. 낭군님은 여기서 기다려 주세요."

저는 다시 말을 타고 급히 일행을 뒤따라갔고 진사는 남아 제 편지를 뜯었습니다. 저는 편지에다 이렇게 적었지요.

옥구슬 같은 낭군님의 목소리였습니다. 마음으로 읽고 또 읽어 보니 슬픔과 기쁨이 차례도 지키지 않고 밀려들어 마음을 진정할 수가 없었습니다.

바로 답장을 보내려고 했지만 어디에도 전할 수 있는 길은 보이지 않았습니다. 또 비밀이 샐까 봐 두려워 먼 하늘을 바라보며 날아갈까 했지만 날개가 없어 궁궐의 담장도 넘지 못했습니다.

그리움으로 애가 끊어지고 넋은 사라져 이제 다만 죽을 날을 기다릴 뿐이옵니다. 죽기 전에 편지로나마 제 평생의 슬픔을 퍼 담아 보려 합니다. 낭군께서는 마음에 새겨 두고두고 기억해 주옵소서.

제 고향은 남쪽이옵니다. 제 부모님은 저를 여러 자녀 가운데서도 유독 사랑하셔서 무엇이든 제 뜻대로 해 주셨습니다. 나가 놀 때에도 간섭하지 않으시고, 하려고 하는 대로 맡겨 두었습니다. 그래서 저는 숲 속과 시냇가를 돌아다니며 대나무, 매화나무, 귤나무 그늘 아래서 날마다 노닐었습니다. 이끼 낀 냇가에 낚시하는 무리들과 풀 먹이기를 마치고 피리 부는 목동들을 아침저녁으로 보았으며, 그 밖에도 아름다운 산과 들의 풍경을 마음껏 보면서 자랐습니다. 그 재미있던 시절을 어떻게 일일이 글로 쓸 수 있겠습니까. 또 부모님은 저에게 사람의 행실과 도리를 가르쳐 주시고 책을 읽도록 도와주셨으며 시도 알게 해 주셨습니다. 그러다가 열셋에 부모 형제와 이별하고 궁중에 불려 들어왔습니다. 그러나 저는 매일 집으로 돌아갈 생각만 했습니다. 그래서 다른 사람들이 모두 추하게 여기도록 일부러 얼굴도 씻지 않고 옷도 더럽혔으며 뜰에 엎드려 울기만 했습니다. 그런데 오히려 한 궁녀가 보고 '연꽃 한 줄기가 뜰 가운데서 피어올랐다.'라고 했지요.

대군의 부인께서 특히 저를 친자식처럼 사랑해 주셨고 대군도 각별히 저를 생각하셨습니다. 또한 궁 안의 다른 사람들도 저를 핏줄처럼 아껴 주었습니다. 그 후 학문에 열성을 바쳐 사물의 이치가 어떤 것인지, 시의 맛이 어떤 것인지 깨닫게 되었습니다. 서궁으로 옮겨서는 시에만 전념해서인지 시를 보는 눈이 깊어져서 다른 문인들이 지은 시 가운데 이해할 수 없는 곳이 없어졌으며 시의 잘잘못을 지적할 수도 있게 되었습니다.

남자로 태어났더라면 이름을 널리 떨쳤을 것이지만 박명한 여자로 태어나서 깊은 궁궐에 갇혀 시들어 가게 되었습니다.

이것이 한스러울 따름입니다. 사람이 한 번 죽고 나면 누가 다시 알아 주겠습니까? 이 때문에 한이 마음속에 맺히고 원망이 가슴의 바다를 메웠습니다. 매번 수를 놓다가도 힘없이 집어던지고 등불을 바라보았으며, 비단을 짜다가도 북을 집어던지곤 했습니다. 마음속으로는 수도 없이 비단 휘장을 찢고 옥비녀를 꺾어 버리곤 했습니다.

술이라도 한잔하는 날이면 이리저리 산보를 하다가도 미친 사람처럼 섬돌 사이에 핀 꽃을 쳐서 떨어뜨리고 뜰의 풀을 뽑아 버리곤 했습니다. 그런데 지난가을 달 밝은 밤 낭군님을 한 번 보고 난 후 저는 마음속으로 하늘의 신선이 인간 세상에 내려온 것으로 생각했습니다. 열 중 가장 못난 나에게도 이 세상에서 만날 어떤 인연이 주어진 줄 알고 좋아했습니다. 전생에 무슨 인연이 있었던지, 붓 끝의 한 점이 마침내 흉중에 원한을 맺는 빌미가 될 줄 어떻게 알았겠습니까? 발 사이로 낭군님을 훔쳐보면서 낭군님을 섬길 인연을 헤아려 보았고 꿈속에서 만나 이룰 수 없는 사랑을 이어 보기도 했답니다.

비록 한 번도 이불 속의 즐거움을 누려 보지는 못했지만 옥처럼 빼어난 낭군님의 얼굴이 눈앞에 아른거려 배꽃을 떨구며 우는 두견 소리나 오동잎에 떨어지는 한밤의 빗소리를 처량해서 차마 듣지 못했습니다. 봄이 되어 뜰에 나오는 여린 풀잎도, 가을이 되어 하늘을 나는 외기러기도 슬퍼서 차마 볼 수 없었습니다. 병풍에 기대어 가슴을 치고 푸른 하늘을 불러 하소연할 뿐이었답니다.

모르겠습니다. 낭군님도 저를 이렇게 생각하고 있는지요?

이제 다만 한스러운 것은 낭군님을 보기도 전에 죽게 되는 것입니다. 그러나 땅이 갈라지고 하늘이 무너져 내려도 제 사랑만은 사라지지 않을 것입니다. 오늘은 빨래를 하러 가는 길입니다. 두 궁의 시녀들이 이미 다 모여 있기 때문에 이곳에 오래 머물러 있을 수가 없습니다. 아, 눈물은 떨어져 먹물과 뒤섞이고 제 넋은 비단실 속에 맺혔습니다. 낭군님께서 부디 한번 제 그리움의 눈물을, 피어린 넋을 읽어 보아 주옵소서. 또 손수 답서를 써 주시는 은혜를 베푸신다면 이것을 아름답게 여겨 기꺼운 마음으로 영원히 간직하고자 합니다.

이 편지글은 가을 경치를 보고 슬퍼하는 시요, 온통 임을 그리워하는 시였습니다.

이날 저녁 돌아올 때 또 자란과 제가 먼저 나와서 동문을 향해 가는 것을 보고 소옥이 웃으면서 시 한 수를 지어서 주었는데, 모두 제 마음을 희롱하는 내용이었습니다. 부끄러운 마음을 억지로 참고 받아 보니, 이런 시더군요.

태을 사당 앞에는 한 줄기 물이 둘렀고
제단에 구름이 흩어지니 궁궐의 문이 열렸네
가느다란 허리 세차게 부는 광풍을 이기지 못하여
잠시 숲 속에 피했다가 날이 저물어 돌아오네

자란이 즉시 그 시에 운을 더하니, 비취와 옥녀도 이어서 운을 더하여 제 마음을 희롱했습니다.

저는 말을 타고 먼저 나와 무녀의 집을 찾았습니다. 그런데 무녀는 뾰로통한 얼굴로 벽을 보고 돌아앉아 있었습니다. 안색이 별로 좋지 않았지요. 진사는 하루 종일 울었는지 옷소매로 얼굴을 가리고 넋이 나가 있었지요. 제가 온 줄도 모르는 것 같았습니다. 저는 왼손에 차고 있던 옥이 수놓인 금팔찌를 풀어 진사의 품속에 넣어 주며 말했습니다.

"낭군님께서 저를 비천하게 여기지 않으시고 귀한 몸을 굽혀 이같이 누추한 곳에 와 기다리시니 참으로 감사드립니다. 제가 비록 어리석으나 저 또한 목석은 아닙니다. 목숨을 걸고 낭군님과 함께하겠습니다. 여기 제 마음을 받아 주옵소서.”

갈 길이 바빠 일어나는데 저도 진사도 흐르는 눈물이 비와 같았습니다. 눈물을 훔치며 진사의 귀에다 대고 뜻을 전했습니다.

“저는 서궁에 있습니다. 오늘 밤 서쪽 담장을 넘어 들어오시면 인연의 끈을 이을 수 있을 거예요.”

무녀의 집을 떠나 서둘러 궁으로 들어가니 다른 궁녀들도 뒤따라 들어왔습니다. 다른 궁녀들은 다 알고 있다는 듯 눈웃음을 저에게 던져 주었습니다. 그날 밤 이경에 소옥과 비경이 등불을 밝히고 서궁으로 와서 저에게 말했습니다.

“낮에 쓴 시는 무심코 나온 것이었으나 시어에 희롱하는 뜻이 담겼었구나. 그래서 깊은 밤도 꺼리지 않고 사죄하러 왔단다.”

자란이 말했습니다.

“여자의 마음은 다 한가지이다. 오래도록 별궁에 갇혀 길이 외로운 그림자를 슬퍼하고, 마주 대하는 것은 등불뿐이요, 하는 일이란 거문고를 타며 노래하는 것뿐이었다. 온갖 꽃은 아름다움을 머금은 채 웃고 두 마리 제비는 날개를 나란히 하며 노니는데, 박명한 우리는 모두 깊은 궁궐에 갇혀 꽃과 제비 들을 볼 때마다 봄을 슬퍼할 뿐이니, 그 마음이 어떠하겠니?”

비경과 소옥은 흐르는 눈물을 억제하지 못하여 말했습니다.

“한 사람의 마음이 곧 천하 사람의 마음이다. 이제 너의 말을 들으니 슬픈 마음이 구름처럼 피어오르는구나.”

소옥과 비경이 일어나 절하고 간 뒤, 제가 자란에게 말했습니다.

"오늘 저녁 진사님과 철석같이 약속을 했단다. 오늘 오지 못하더라도 아마 내일은 반드시 담을 넘어 들어오실 거야. 오시면 어떻게 대접하면 좋을까?"

"수놓은 휘장이 겹겹이 둘러져 있고 비단 방석이 포근히 놓여 있고 술이 강물처럼 많고 고기가 산더미처럼 쌓여 있는데, 진사님이 안 오신다면 어쩔 수 없겠지만 오시기만 한다면 대접하기가 뭐 그리 어렵겠니?"

자란의 걱정대로 그날 밤에는 진사를 만나지 못했습니다. 진사는 담장 아래 왔다가 담장이 너무 높고 험해 넘지를 못했더랍니다. 실망이 너무 커서 집으로 돌아가 아무 일도 못하고 힘없이 앉아 있었지요.

그런데 진사의 집에는 아주 꾀가 많은 특이라는 젊은 하인이 있었습니다. 특이 진사의 얼굴에 근심이 가득 찬 것을 보고는 뜰에 엎드려 울면서 말했습니다.

"진사께서는 세상에 오래 있지 못할 것 같습니다."

진사는 걱정해 주는 것이 고마워 특의 손목을 잡아 일으키고는 마음속에 있는 이야기를 다 털어놓았습니다.

"왜 진작 말씀하지 않으셨습니까? 제가 문제를 해결해 보겠습니다."

특은 곧바로 사다리를 하나 만들었지요. 그 사다리는 아주 가벼웠으며 접었다 폈다 할 수 있고 들고 다니기에도 편리했습니다.

특은 사다리에 대해 설명해 주었습니다.

"이 사다리를 가지고 궁궐 담을 넘어간 후 이렇게 접어서 안쪽에 두었다가 돌아올 때도 같은 방법으로 하십시오."

특이 담을 넘는 시범을 보이고 진사도 연습을 해 보았지요. 그날 밤 궁궐로 떠나려고 할 때 특이 또 품속에서 털가죽으로 만든 버선을 꺼내 주면서 말했습니다.

"이것을 사용하면 넘어가기가 훨씬 쉬울 것입니다."

진사가 털가죽 버선을 신고 걸어가니, 나는 새처럼 가벼워 땅을 밟아도 발자국 소리가 나지 않았습니다. 진사는 특의 도움으로 다음 날 손쉽게 담장을 넘을 수가 있었습니다.

담을 넘어가 몸을 낮춰 숲 속에 엎드리니 달빛은 낮처럼 환했고 궁 안은 적막하도록 조용했습니다. 조금 있으려니 어떤 사람이 안에서 나와 작은 소리로 시를 읊조리며 산보를 하기 시작했습니다. 진사는 대나무를 헤치고 머리를 조심스레 내밀며 말했습니다.

"오시는 분은 누구신지요?"

그 사람이 웃으면서 대답했습니다.

"진사님께서는 나오십시오! 나오십시오!"

그 사람은 다름 아닌 자란이었습니다. 제 부탁으로 거기 나가 진사를 기다린 것이지요.

진사는 성큼성큼
걸어 나와 절하며 말
했습니다.

"어린 사람이 흥취를 이기
지 못해 이렇게 죽음을 무릅쓰고
감히 넘어 들었으니 낭자께서는 저를
불쌍히 여겨 주길 바랍니다."

"진사님이 오시기를 가뭄에 비 기다리듯 기다
렸어요. 이제야 요행히 이렇게 뵙게 되니 죽을 목숨이 살아난 듯 기쁘
옵니다. 저는 자란이라고 합니다. 의심하지 마시고 저를 따라오세요."

저는 그때 창문을 열어 놓고 등불을 밝힌 채 금화로에 향을 피우고
는 이야기책 한 권을 펼쳐 놓고 읽으면서 진사를 기다리고 있었지요.
하지만 눈만 따라가며 건성건성 읽었을 뿐 마음은 다른 곳에 가 있었

습니다. 마침 층계를 올라와 굽은 난간을 거쳐 걸어오는 진사의 발걸음 소리를 듣고 자리에서 일어났습니다. 진사님이 들어서자 서로 절로 인사와 답례를 하고 손님과 주인처럼 떨어져 앉았습니다. 자란은 곧 준비해 두었던 진수성찬과 좋은 술을 내왔지요. 자란도 함께 앉아 술잔을 나눴습니다. 석 잔을 마신 후 저는 취한 척하며 말했습니다.

"밤이 참으로 길지요."

말뜻을 알아들은 자란은 곧 문가에 둘러쳐진 휘장을 드리운 후 문을 닫아 주고는 나갔습니다. 등불을 끄고 우리는 곧 잠자리에 들었는데, 그 즐거움에 대해서는 따로 말씀드리지 않겠습니다.

밤은 금세 새벽이 되었습니다. 닭들이 날 새기를 재촉하고 있을 때 진사는 일어나 바로 돌아가셨지요. 그 후부터는 날마다 어두울 때 담을 넘어와서 새벽에 돌아가시곤 했습니다. 나날이 사랑은 깊어지고 정은 두터워졌습니다. 우리는 이러한 만남을 멈출 줄 몰랐습니다. 그러나 꼬리가 길면 자취가 남는 법, 눈이라도 온 날이라면 눈 위에 남는 발자국을 다 지우기 어려웠겠지요. 진사의 출입을 알고 있는 궁녀들은 모두들 위험하다고 입을 모았습니다.

궁녀의 신랑은 어디 갔을까?

평범한 사람들과 달리 궁에 갇혀 평생을 보내야 했던 궁녀들은 자유를 박탈당한 존재였습니다. 결혼조차 할 수 없던 그들의 삶은 창살 없는 감옥에 갇힌 신세였지요. 어쩌다가 궁 안의 남정네와 만난다는 소문이라도 나면 태장을 맞거나 귀양을 가야 했습니다. 이런 외로움 때문에 동성애를 하는 궁녀들도 있었다고 하네요.

신랑 없는 결혼식

교육 과정을 거쳐 정식 나인이 될 때 올리  는 궁녀들의 관례는 성년식이지만, 사실상 혼례를 의미했습니다. 수백 명의 궁녀는 왕이라는 한 남자를 위해 살아야 하는 여인들이므로 왕과의 혼례를 올린 것 이지요. 여느 혼례식과 마찬가지인 복장을 하고 절차에 따라 치러지지 만 신랑은 없고 신부만 있는, 기묘한 혼례식이었습니다.

승은을 입은 궁녀들

승은(承恩)이란 왕의 손이 닿는다는 의미입니다. 왕의 승은을 입는 것, 더 나아가 왕손 을 낳아 후궁이 되는 것은 모든 궁녀의 소망이었지만, 실제로 매우 드문 경우여서 수백 궁녀 중에서 하나둘 있을까 말까였습니다. 보통 궁녀들로서는 승은을 기대하기보다 착 실한 노력으로 승진해 상궁이 되는 것이 현실적인 최선의 방책이었습니다.

궁녀의 외로움이 가뭄의 원인

조선 사람들은 궁녀의 서러움이 원한으로 쌓
이면 가뭄이 든다고 믿었습니다. 그래서 가뭄
이 들면 궁녀의 원한을 풀기 위해 궁녀를 궁
궐 밖으로 내보내기도 했지요. 그렇다고 궁궐
밖으로 나온 궁녀가 결혼할 수 있었던 것은 아닙
니다. 궁녀는 이미 왕과 혼례를 올린 처지였기 때문에 궐
안이든 밖이든 순결을 지켜야 했지요. 또한 양반이 방출된 궁녀를
첩으로 삼는 일도 금지되었습니다.

쓸쓸한 궁녀의 만년

평생을 궁궐에서 외롭게 보낸 궁녀의 말년은 더욱 초라했습니다. 궁녀는 종신제였지만
노쇠해서 근무를 할 수 없거나 병이 나면 본가로 돌아가야 했습니다. 대궐에서는 왕족
외에 누구도 죽거나 앓아선 안 되었으니까요. 늙고 병든 궁녀는 본가의 동생이나 조카
가 데리고 갔습니다. 이마저도 없는 궁녀들은 '궁말'이라는 곳에 모여 살거나, 절에 기거
하면서 쓸쓸히 만년을 보냈다고 합니다.

연못에 든 고기들아
누가 너를 몰아다 여기에 두었느냐
북쪽 바다 맑고 넓은 연못을
어디 두고 이 못에 와 있느냐
들고서 못 나가는 처지는
너나 나나 무엇이 다르랴
_어느 궁녀의 시

특, 무서운 흉계를 꾸미다

어느 날 진사는 근심에 빠져 있었습니다. 운영과 만나는 좋은 일에 사나운 바람이 몰아칠까 봐 두려워서 걱정한 것이지요. 그때 특이 밖에서 돌아와 진사에게 물었습니다.

"지난번 일에 제 공이 상당히 컸는데 지금까지 아무런 상도 내리지 않는 것이 옳은 일이옵니까?"

"마음속에 잘 새겼으니 걱정 마라. 조만간 후한 상을 줄 것이다."

"진사님의 얼굴빛을 보니 무슨 근심이 있는 것 같습니다. 무슨 까닭이옵니까?"

"보지 못할 때에는 병이 마음속 뼛속에 사무쳤지만 보고 나니 헤아릴 수 없는 죄가 머릿속에 쌓이는데 근심이 없을 수 있겠느냐?"

"그러면 왜 남몰래 업고 도망치지 않으십니까?"

진사는 특의 말을 듣고 생각한 바가 있어서 그날 밤 특의 꾀를 저에게 말씀하셨습니다.

"특이란 하인은 본래 머리가 비상해 꾀가 많은 놈인데, 그대 생각에는 그의 계교가 어떻소?"

"전 진사님의 생각을 따르겠어요. 그런데 제 부모님이 재산이 많아서 궁궐에 들어올 때 제게 주신 옷과 보물이 적지 않고 또 대군께서 내려 주신 것도 많은데 그 물건들을 다 버리고 갈 수는 없잖아요. 어떻게 하면 좋지요? 말 열 필이 있더라도 다 옮기기 어려울 텐데."

진사는 다시 집에 돌아와 특과 그 문제를 의논했습니다. 특의 얼굴은 크게 기뻐하는 표정으로 가득했습니다.

"그게 뭐 어렵겠습니까?"

"그래, 그렇다면 얼른 방법을 말해 보아라."

"제 친구들 중에 힘깨나 쓰는 장사가 스무 명쯤 있는데 힘으로는 그들을 당할 자가 없을 것이옵니다. 저와의 우정이 깊어 제 말이라면 반드시 따라올 것이니 그들에게 옮기게 한다면 태산인들 어렵겠습니까?"

진사가 그 말을 전하기에 저도 좋겠다고 했습니다. 그렇게 밤마다 짐을 싸서 이레 만에 진사의 집으로 다 옮겼지요. 운반이 끝나자 특이 다시 이런 말을 했습니다.

"이처럼 많은 보물을 이곳에 쌓아 두면 큰마님께서 의심하실 것이고, 저의 집에 쌓아 두더라도 이웃 사람들이 의심할 텐데 앞으로 이 일을 어떻게 하시렵니까? 다른 방도가 없다면 어디 산속에 구덩이를 파고 깊이 묻어 두고 지키는 것이 좋지 않을까요?"

"그렇게 하도록 해라. 그러나 만약 잃어버리면 나와 너는 도적이라는 누명을 쓰지 않을 수 없을 테니 조심해서 잘 지키도록 해라."

"이미 보셨다시피 제 계교는 누구도 따를 수 없고 친구들 또한 대단합니다. 그러니 세상에 어려운 일이 있겠습니까? 제가 긴 칼을 들고 밤낮으로 지킬 것이니 눈은 빼 갈 수 있어도 보물은 뺏어 갈 수 없을 것입니다. 조금도 의심하거나 걱정하지 마십시오."

그러나 특의 속마음은 그런 것이 아니었습니다. 보물을 얻은 후에 저와 진사를 산골로 끌고 들어가서 진사를 죽이고 저를 차지하려는 흉계를 품고 있었던 것이지요. 그러나 진사는 세상 물정에 어두운 선비라 그런 걸 알지 못했습니다.

대군은 전에 비해당을 세우고 나서 좋은 시구를 얻어 현판에 새겨 걸어 두려고 했지만 뜻을 이루지 못하고 있었습니다. 여러 문사가 시를 짓고 갔지만 마음에 드는 시가 없었기 때문이지요.

그래서 하루는 진사를 억지로 잔치에 초청해 놓고는 시를 지어 달라고 청했습니다. 진사는 간청에 못 이겨 붓을 휘둘렀습니다. 글이 썩 잘되어 한 자도 덧붙일 것이 없었습니다. 잠깐 사이 비해당의 모습과 주변의 경치가 한눈에 그려지니, 비바람을 놀라게 하고 귀신을 통곡하게 할 만했지요. 대군은 구절마다 칭찬하며 말했습니다.

"뜻밖에 오늘 옛 시인 왕자안을 다시 만나게 되었구나!"

※ **왕자안**(王子安) 당대의 시인인 왕발(王勃).

거듭 감탄하며 몇 번인가 조용히 시를 읊어 보는데 자꾸 의심이 드는 구절이 있었습니다. 바로 '담장을 따라가며 몰래 풍류의 곡조를 훔치네.'라는 구절이었습니다. 그때 진사가 갑자기 일어나 인사를 했습니다.

"너무 취해서 글씨를 살필 수 없을 정도이니 물러가 쉬도록 허락해 주옵소서."

대군은 뜻을 물어보려다가 할 수 없이 늙은 하인에게 부축하게 해 내보내 주었습니다.

다음 날 밤 진사가 들어와서 저에게 말했습니다.

"도망가는 것이 좋겠소. 어제 내가 지은 시를 대군이 의심하는 것 같은데 시간을 지체했다가는 일을 당할까 봐 두렵소."

"지난 밤 꿈자리가 뒤숭숭해요. 꿈에 얼굴이 흉악한 사람이 나타나 '내가 성 밑에서 오랫동안 너를 기다렸다.'라고 소리를 지르기에 놀라서 깨어났어요. 무슨 징조인가 생각해 보옵소서."

"꿈은 헛된 것이라고 했는데 어찌 믿을 수 있겠소."

"혹시 그 흉악한 사람이 낭군님의 노비 특이고, 성은 궁궐의 담장을 뜻하는 것이 아닐까요. 낭군께서는 그 하인의 마음을 잘 알고 계신지요?"

"그놈은 본래 음흉하지만 나에게는 충성을 다했소. 그대와 좋은 인연을 맺는 데도 그놈 덕이 컸소. 처음에 충성하다가 나중에 배신하는 짓은 하지 않겠지요."

"낭군님의 뜻대로 따르겠어요. 그러나 자매 같은 자란에게 말을 하지 않고 떠날 수는 없어요."

그래서 바로 자란을 불러 계획을 말했지요. 그랬더니 자란이 깜짝 놀라 화를 내며 붙잡고 말렸습니다.

"오랫동안 즐겁게 지냈는데 왜 화를 재촉하느냐? 한 번 만나는 게 소원이다가 이렇게 여러 달 사귀었으면 참을 줄도 알아야지, 담을 넘어 도망하려 하다니 그게 사람으로서 할 짓이냐? 대군께서 오랫동안 기울인 정성이나 대군 부인의 사랑을 생각해 보았느냐? 네가 도망치면 그 화가 네 부모에게 미칠 것이고 서궁의 우리들에게 미칠 것이 불을 보듯 뻔한데 그런 건 생각해 보았느냐? 또 세상이란 한 그물 속에 있는 것인데 하늘로 올라가거나 땅으로 들어가지 않는 이상 도망간들 어디로 가겠느냐? 혹시라도 잡히게 되면 그 화가 네 한 몸에 그치겠느냐? 꿈자리가 사나운 것은 접어 두더라도 꿈이 좋았다고 해서 마음 편히 갈 수 있었겠느냐?

운영아, 내 생각에는 마음을 굽히고 평안히 정절을 지키고 있는 것이 좋겠다. 네 얼굴이 좀 피곤하고 쇠약해지면 대군의 사랑도 식을 것이니 상황을 봐서 병이 심하다고 말하고 누워 있으면 머잖아 반드시 고향으로 돌아가도록 허락해 주실 것이다. 그때 진사님과 함께 손잡고 돌아가서 백년해로하는 것이 내 생각에는 가장 좋은 계교일 것 같다. 이런 생각은 해 보지 않았니? 네가 그런 계교를 쓴다면 잠시 사람을 속일 수야 있겠지만 하늘을 어찌 속일 수가 있겠느냐? 다시 한 번 잘 생각해 보아라."

옆에서 듣고 있던 진사는 일이 틀린 것으로 짐작하고 눈물을 머금고 가슴을 치며 궁궐을 빠져나갔습니다. 그렇게 시간이 또 흘러갔지요.

하루는 대군께서 서궁에 앉아 계시다가 철쭉이 활짝 핀 것을 보고 저희들에게 시를 지어 올리라고 말씀하셨습니다. 그러고는 시를 하나하나 읽어 보고 말씀하셨습니다.

"기쁘게도 너희들의 시는 나날이 좋아지는구나. 그런데 운영의 시에는 이상하게도 사람을 생각하는 뜻이 뚜렷하구나. 전에 지은 시에서도 그런 자취가 보이더니, 도대체 네가 따르고자 하는 사람이 어떤 사람이냐? 지난번 김 진사의 시에도 의심스러운 구절이 있었는데, 너 혹시 김 진사를 생각하고 있지 않느냐?"

대군의 말을 들은 저는 바로 뜰에 내려가 머리를 땅에 대고 울면서 결백을 호소했습니다.

"지난번 대군께서 한 번 의심하신 후 바로 죽고자 했으나, 아직 나이 스물이 못 되었고 부모님도 뵙지 못하고 죽으면 그 불효가 저승에서도 한이 되는 것이기에 부끄럽게도 목숨을 이었습니다. 그런데 또다시 이런 의심을 얻었으니 이제 어찌 살기를 바라겠나이까? 우리 다섯 궁녀가 잠시도 서로 떠나지 않고 마음을 닦았는데 저만 홀로 이렇게 더러운 이름을 얻었으니 이제 살아도 죽는 것보다 못할 것이옵니다.”

그러고는 달려가 비단 수건으로 서궁 난간에 목을 맸습니다. 모두 놀라 어쩔 줄 몰라 하는 사이 자란이 급히 대군께 나아가 따지듯이 말했습니다.

“대군께서는 저처럼 죄 없는 시녀를 죽음으로 몰아가시니, 이제부터 저희들은 다시는 붓을 들어 시를 짓지 아니하겠사옵니다.”

대군은 저나 자란의 태도에 크게 화를 내시기는 했지만 마음속으로는 그렇지 않았기 때문에 자란에게 빨리 가서 저를 구하라고 명령하셨지요. 그러고는 오히려 우리에게 비단 다섯 필을 상으로 주셨습니다. 시를 가장 잘 짓는 사람에게는 앞으로 더 많은 비단을 상으로 내리겠다는 말씀도 덧붙이셨지요.

그 후로 진사는 다시는 서궁에 출입하질 못했습니다. 진사는 문을 걸어 닫고 병으로 드러누웠지요. 먹는 것도 시원찮은 데다 날마다 눈물로 이불과 베개를 적시니 목숨은 실오라기와 같았지요. 특이 와서 보고는 다시 진사를 부추겼습니다.

“대장부가 죽으면 죽었지 아녀자처럼 상사병을 참고 계십니까? 그렇게 계시다가는 몸만 축나기 십상입니다. 이제 제가 일러 드린 계교를 쓰실 때입니다. 깊은 밤에 담을 넘어 들어가 솜으로 입을 막은 뒤 업고 뛰쳐나오면 누가 저를 감히 쫓을 수 있겠습니까?”

“위험한 생각이다. 다시 한 번 운영에게 물어보는 것이 낫겠다.”

진사는 그날 밤 다시 들어오셨지요. 그러나 저는 병이 들어 일어나지도 못했습니다. 저 대신 자란이 진사를 맞고 술을 권했지요.

저는 그 전에 써 둔 편지를 전해 주며 말했습니다.

"앞으로는 다시 볼 수 없을 것입니다. 진사님과의 인연과 백년가약은 오늘 밤으로 끝이 난 것 같습니다. 혹시 하늘이 맺어 준 인연이 아직 끊어지지 않았다면 저승에서라도 찾게 되겠지요."

편지를 받아 든 진사는 혼이 빠진 사람처럼 멍하니 저를 한참이나 바라보고 있더니 눈물을 흘리며 나가더이다. 저는 따라 나가지도 못하고 이불을 뒤집어썼고, 자란은 그런 모습을 처량해 하며 기둥 뒤에 기대 서서 눈물을 닦고 있었지요.

집으로 돌아온 진사는 편지를 뜯어보았습니다.

박명한 운영이 큰절을 올리며 낭군님께 아뢰옵니다. 아무런 자질도 없는 제가 불행히도 낭군님의 눈에 들어 서로 생각하기를 여러 날, 먼발치에서 바라보기를 몇 번이나 하다가 다행히 서로 만나 몇 날의 즐거움을 나누었습니다. 그러나 바다같이 깊은 정을 다하지는 못했습니다. 무릇 좋은 일에는 하늘의 시기가 많다고 했습니다. 궁궐 사람들이 모두 알고 대군이 의심하고 계시니 이제 화가 들이닥쳐 살날도 오래 남지 않았습니다.

엎드려 바라는 것은 낭군님께서 저와 작별한 이후 저를 가슴에 두어 마음을 상하지 마시고 힘써 공부하셔서 과거에 급제하여 벼슬길에 오르는 것입니다. 그리하여 후세에 이름을 날리시어 부모님을 복되게 하는 것이옵니다. 제 의복과 보물을 다 팔아서 부처님께 바치고, 정성껏 기도하셔서 낭군님과 다하지 못한 인연을 다음 세상에서나 다시 잇게 하여 주옵소서.

진사는 미처 다 읽기도 전에 기절하여 땅에 넘어졌습니다. 집안사람
들이 급히 달려와 침을 찌르고 약을 먹여 겨우 다시 깨어났지요. 그때
특이 밖에서 들어와 다시 물었습니다.

"그 궁녀가 무슨 대답을 하였기에 이렇게 죽으려고 하십니까?"

진사는 다른 말을 하지 않고 한 가지 말만 했습니다.

"보물은 잘 지키고 있느냐? 내 그걸 팔아 부처님께 바쳐서 굳은 약
속을 실천하리라."

그 말을 들은 특은 자기 집으로 돌아오는 길에 '그 궁녀가 안 나온
다면 보물은 이미 내 것이나 다름없군.' 하고 생각하며 혼자 웃었습니
다. 다른 사람들이야 그 속을 알 까닭이 없었지요.

드러나는 비밀, 그리고 운영의 자결

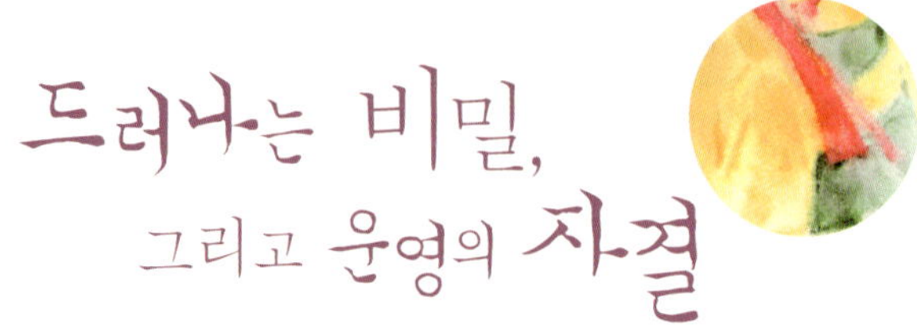

하루는 특이 스스로 자기 옷을 찢고 코를 때려 피가 흐르게 하고 머리는 귀신처럼 흩뜨리고는 맨발로 뛰어 들어왔습니다. 그러고는 엎어지듯 엎드려 눈물을 닦으며 겨우 말했습니다.

"강도들의 습격을 받았습니다."

이 한마디를 전하고 특은 기절한 척했습니다. 그러나 속아 넘어간 진사는 특이 죽으면 보물을 찾지 못할까 봐 근심이 되어 손수 약을 달여 먹이며 정성을 쏟았습니다. 나중에는 술에다 고기까지 갖다 주며 마음을 달래 주었습니다. 그랬더니 특은 열흘 만에 일어나서 말했습니다.

"외로이 홀로 산속에서 보물을 지키고 있는데 도적 떼가 습격해 왔습니다. 숫자가 너무 많아 싸워 보지도 못하고 겨우 도망쳐 실오라기 같은 목숨만 보존하게 되었습니다. 그 보물이 아니었더라면 제게 이런 위험이 있었겠습니까? 그러나 보물을 지키지 못한 죄가 크옵니다. 어서 죽여 주시옵소서.”

특은 주먹으로 가슴을 치며 통곡했습니다. 진사는 속이 부글부글 끓었으나 부모님이 들을까 두려워 따뜻한 말로 위로해 보냈다고 합니다.

얼마 후 진실을 알게 된 진사는 하인 십여 명을 거느리고 특의 집에 들이닥쳐 집 안을 뒤졌습니다. 그러나 찾아낸 것은 금팔찌 한 쌍과 거울 하나뿐이었습니다. 진사는 이를 증거물로 삼아 관가에 고해 볼까도 생각했지만 그랬다가는 모든 일이 탄로 날 터라 어쩔 수가 없었습니다.

특을 죽이려고도 해 봤으나 힘으로는 당할 수가 없는지라 입을 다물어 버렸습니다. 그저 저와의 약속을 지키지 못해 속만 썩일 뿐이었지요. 그런데 특이 자기 죄를 알고 속으로 무서웠는지 서궁 밖에 사는 맹인 점쟁이에게 가서 물었답니다.

“내 일전 새벽에 이 궁궐 담장 옆을 지나가다가 어떤 사람이 담을 넘어 나오기에 도둑으로 생각하고 소리치며 뒤를 쫓았습니다. 그놈이 엉겁결에 물건을 버리고 달아나기에 주워 감춰 두고 임자를 기다리고 있었습니다. 한데 우리 주인이 내 방에서 무언가를 찾다가 내가 물건을 주웠다는 말을 듣고 팔찌와 거울을 빼앗더니 성에 차지 않아 더 내놓으라며 저를 죽이려고 합니다. 제가 달아나면 좋은 일이 있겠습니까?”

“그러는 것이 좋겠소.”

옆에서 듣고 있던 사람들이 특을 보고 물었습니다.

“대체 너희 주인은 어떤 사람이기에 하인을 그렇게 학대한단 말이냐?”

“우리 주인은 나이는 어리지만 재주로 보아 머잖아 과거에 급제할 것이오. 그러나 저렇게 탐욕스러우니 어떤 관리가 될지 알 만하지요.”

이 말이 입에서 입을 건너 궁중으로 들어가 대군의 귀에까지 이르고 말았습니다. 대군은 분노하여 남궁 궁녀들에게 서궁을 뒤지라고 명령했지요. 제 옷과 보물이 다 없어진 것을 알고 대군은 당장 서궁 궁녀 다섯을 뜰 가운데로 불러냈습니다. 그러고는 형틀을 갖추어 놓고 무서운 명령을 내리셨지요.

“이 다섯을 죽여 다른 궁녀들의 경계로 삼으리라.”

대군은 집장에게 지시했습니다.

“너는 대수를 헤아리지 말고 죽을 때까지 쳐라.”

그때 우리 다섯 사람이 입을 모아 호소했지요.

“제발 말이나 한 번 하고 죽게 해 주옵소서.”

“하고 싶은 말이 무엇인가? 사정을 다 말해 보아라. ”

우리는 글로 지어 올리겠다고 간청했습니다. 대군도 마음이 좀 풀어져 허락을 해 주셨지요. 은섬이 제일 먼저 감춰 둔 사연을 지어 올렸습니다.

남녀가 서로 그리워하고 사랑하는 마음은 귀하거나 천하거나 사람이면 누구나 가지고 있는 것이옵니다. 그러나 한 번 깊은 궁궐에 갇히자 외로운 몸이 되어 꽃을 봐도 눈물이 앞을 가리고 달을 봐도 넋을 잃어

● **집장** 곤장을 잡고 때리는 일을 맡은 사람.

매화나무에 꾀꼬리가 앉으면 짝을 짓지 못하게 쫓았고 처마 끝을 드나드는 제비 한 쌍이 있으면 집을 짓지 못하게 했사옵니다. 그것이 다 제 마음속에서 불 일 듯 일어나는 질투의 감정을 이기지 못해 그렇게 한 것이니 이 어찌 서글픈 일이 아니리까?

한 번이라도 궁궐 담장을 넘어가면 인간 세상의 즐거움을 알 수 있겠지만 저희들은 오래도록 궁궐 속에 갇혀 한 번도 궁궐 밖에 나가 보지 못했사옵니다. 이는 참으로 참기 힘든 일이오나 대군의 위엄이 두려워 불같은 마음을 억누른 채 시들어 죽어 갈 뿐이옵니다.

궁궐의 법도를 벗어난 죄를 지은 일이 없사온데도 저희를 죽이고자 하시니 참으로 원통할 뿐이옵니다. 저희들은 죽어서 저승에 가서도 눈을 감을 수 없겠나이다.

다음에는 비취가 글을 지어 올렸습니다.

대군께서 주신 사랑과 은혜는 산보다 높고 바다보다 깊사온데 어찌 저희들이 감사하지 않으리까? 저희들은 대군의 깊은 은혜에 감사하며 깊은 궁궐에 살면서 달 밝은 가을이나 꽃 피는 봄날에도 변함없는 뜻으로 시를 짓고 노래를 부르는 일에 힘쓰고 있었을 따름입니다.

하오나 이제 씻을 수 없는 누명을 쓰고 말았으니 어찌 원통하지 않으리까? 이제 살아도 죽는 것만 같지 못하옵니다. 바라건대 빨리 죽을 땅으로 가게 해 주옵소서.

세 번째로 자란이 목숨을 건 하소연을 지어 올렸습니다.

일이 이 지경에 이르렀으니 어찌 마음속에 있는 것을 숨겨 두리이까? 하늘나라의 선녀도 아니온데 남자를 그리워하는 마음이 저희들이라고 없을 수 있겠사옵니까? 옛날의 성스러운 임금도, 천하를 호령하던 영웅도 다 여인을 그리워했습니다. 대군께서도 운영을 사랑하고 있다는 것을 저희들이 알고 있사온데 어찌 운영이라고 남자를 그리워하는 마음이, 남자를 안아 보고 싶은 정욕이 없을 수 있사오리이까?

김 진사는 참으로 단정한 선비지요. 그런데 그런 김 진사를 서궁 깊은 곳으로 끌어들인 것도 대군께서 하신 일이고 운영에게 명하여 먹을 갈게 한 것도 대군이었나이다. 오랫동안 깊은 궁궐에 갇혀 달 밝은 가을, 꽃 피는 봄이면 늘 마음이 아프던 운영이, 밤비라도 내리는 날이면 애를 끓이던 운영이 준수하고 단아한 진사를 보고 목석처럼 그냥 앉아 있었으리라고 생각하셨나이까?

한 번 보고는 넋을 잃고 그리움의 병이 뼛속에 사무쳐 아무리 좋은 약도 소용이 없게 되었사옵니다. 불쌍한 운영이 아침 이슬처럼 죽어 버리면 대군께서 비록 측은한 마음이 있어 돌보려고 하신들 무슨 소용이 있겠나이까?

저의 어리석은 생각으로는 대군께서 김 진사를 불러 운영과 한번 만나게 해 주신다면, 그리하여 운영의 한을 풀어 주신다면 대군의 선행은 하늘에 닿을 것이며 저는 죽어도 한이 없을 것이옵니다. 운영이 절개를 지키지 않은 죄는 운영에게 있는 것이 아니라 운영을 부추긴 저에게 있사옵니다. 저의 죄가 적지 않으니 저는 오늘 죽어도 영광이옵니다. 다만 대군께 바라고 또 바라옵나니 저의 죽음으로 운영의 목숨을 살려 주시옵소서.

네 번째로 옥녀가 올렸습니다.

그동안 서궁의 행복과 즐거움을 저도 함께했사온데 서궁이 당한 불행을 어찌 저만 피할 수 있겠습니까? 삶도 죽음도 같이하기로 약속했사오니 죽어도 아무런 유감이 없겠나이다.

마지막으로 제가 글을 올렸습니다.

대군의 은혜는 산과 같고 바다와 같사온데 대군을 향한 절개를 지키지 못했고 서궁의 죄 없는 사람들이 저로 인해 죽음에 이르게 되었으니 이렇게 큰 죄를 짓고도 제가 어찌 얼굴을 들고 살기를 바라겠나이까? 대군의 은혜로 만에 하나 죽음을 면하게 되더라도 저는 자결하여 대군의 처분을 기다리겠사옵니다.

대군은 읽기를 마치고 다시 한 번 자란의 글을 보셨지요. 그러고 나서는 화가 퍽 누그러지신 듯했지요. 그사이 소옥이 꿇어앉아 눈물을 지으면서 다시 호소했습니다.
"전날 빨래하러 갈 때 저는 소격서동으로 가지 말자고 했사옵니다. 그러나 자란이 밤에 남궁에 와서 너무도 간절히 부탁을 했기에 제가 그 뜻을 안타깝게 여겨 남궁 사람들을 부추겨 따라간 것이옵니다. 운영의 죄는 운영에게 있는 것이 아니라 저에게 있사오니 저를 죽이시고 운영의 목숨을 이어 주시옵소서."
궁녀들의 한결같은 뜻과 눈물을 보시고 대군께서는 노여움이 많이

풀어져서 다른 궁녀들은 다 돌려보내고 저는 따로 별당에 가두라고
하셨지요. 하지만 그날 밤 저는 제 뜻대로 비단 수건으로 목을 매고
말았습니다.

김 진사, 
운영을 따라가다

운영은 옛일을 조용히 회상하며 잔잔한 목소리로 이야기를 했고 김
진사는 곁에서 붓을 들어 그 이야기를 기록하고 있었다. 운영의 이야
기가 자신의 죽음에 이르렀을 때, 두 사람은 슬픔을 참지 못하는 듯
서로 마주 보며 눈가에 이슬이 맺혔다. 한참을 그런 모습으로 마주 보
고 있다가 운영이 진사에게 말했다.

"그다음부터는 낭군님께서 이야기하세요."

김 진사는 그 말을 받아 사연을 이어 갔다.

운영이 자결한 후 궁 안 사람 모두 마치 부모가 돌아가신 것처럼 통
곡을 했습니다. 궁 바깥까지 들린 울음소리 때문에 저도 뒤늦게 사실
을 알고는 기절하여 오랫동안 깨어나지 못했습니다. 집안사람들은 한

편으로는 초상 치를 준비를 하면서도 연신 침을 놓고 약을 달이고 정
성껏 주물러 저는 해질 무렵 겨우 깨어날 수 있었습니다. 정신을 차리
고 생각해 보니 모든 일은 이미 끝난 것이나 마찬가지였습니다.

그러나 운영과의 약속을 저버릴 수는 없었지요. 저는 운영의 영혼을
위로해 주기 위해 금팔찌와 거울, 그리고 내 붓과 벼루를 팔아 쌀 마
흔 석을 마련하고는 이것을 청녕사에 보내 재(齋)를 올리기로 했습니
다. 하지만 믿고 맡길 만한 사람이 없어서 심부름하는 아이를 시켜 다
시 특을 불렀습니다.

"내 너의 지난날 지은 죄를 다 용서해 줄 테니 이제부터라도 나를
위해 충성을 다하겠느냐?"

특은 엎드려 짐짓 울면서 말했습니다.

"비록 어리석고 성품이 모질기는 하지만 저도 사람이옵니다. 제가
지은 죄가 한 올 한 올 머리카락을 뽑으며 헤아려도 다 헤아리기 어려
울 터인데 이처럼 용서해 주시니, 이것은 고목에 잎이 나고 백골에 새
살이 붙는 것과 같사옵니다. 앞으로 진사님을 위해 이 한 목숨 다 바
치겠습니다."

"좋다, 이제 너를 믿겠다. 내가 운영을 위하여 부처님께 정성을 드려
운영의 혼이 좋은 세상에 가도록 재를 올리려고 하는데 믿을 만한 사
람이 없구나. 네가 가 보지 않겠느냐?"

"예, 정성을 다하여 분부를 받들겠습니다."

특은 시원스레 대답을 하고는 쌀을 싣고 절로 올라갔는데, 도착해
서는 시주를 할 생각은 전혀 않고 드러누워 사흘 동안 궁둥이만 두들

기며 놀다가는 느지막이 중을 불러 이렇게 말을 했답니다.

"쌀 마흔 석을 다 부처님께 바칠 필요가 있겠소? 우선 술과 고기를 장만해 세상 사람들을 불러 먹이는 것이 좋겠소. 그게 다 부처님의 뜻이 아니겠소?"

그러고는 술을 받아다 놓고 지나가던 마을 여인까지 강제로 끌어들여 중들 방에서 먹고 마시며 여러 날을 함께 자면서 재를 올릴 생각은 전혀 하지 않더랍니다. 중들 모두 뒤에서 분통을 터뜨리다가 재를 올리기로 한 날이 되자 특을 보고 말했답니다.

"불공을 드리는 일에는 시주가 아주 중요합니다. 그런데 시주가 이처럼 불결하면 불공이 다 헛것이 됩니다. 그러니 저 맑은 시내에 가서 목욕을 깨끗이 하고 예를 올리는 게 좋겠습니다."

특은 마지못해 나가더니 슬쩍 물을 끼얹고는 들어와서 부처님 앞에 꿇어앉아 기가 막히게도 이렇게 빌었답니다.

"진사는 오늘 빨리 죽고, 운영은 내일 다시 살아나 특의 짝이 되게 해 주소서."

특이 사흘 동안 부처님 앞에서 빈 말은 오직 이것 하나뿐이었답니다. 그런데도 특은 돌아와 저에게 이렇게 말했습니다.

"운영 아씨는 반드시 살길을 얻으실 것입니다. 재를 올리던 그날 밤 운영 아씨가 제 꿈에 나타나서 '이렇게 정성껏 빌어 주니 고마운 마음을 말로 다할 수 없습니다.'라고 하면서 울었습니다. 물어보니 중들의 꿈도 저하고 똑같았다고 합니다."

저는 어리석게도 그 말을 믿었지요.

마침 계수나무가 누렇게 익는 계절이었습니다. 저는 비록 과거를 볼 뜻은 없었지만, 마음을 가다듬고 책을 읽으려고 청녕사에 올라가서 여러 날을 묵었습니다. 거기 있는 동안 중들로부터 특이 한 일에 대해 자세히 들을 수 있었지요. 저는 분통이 터졌지만 특이 없어서 어쩔 수가 없었습니다. 특의 문제는 절에서 내려가 해결하기로 하고, 우선 몸을 깨끗이 씻고 부처님 앞에 나아갔습니다. 향을 사르고 이마를 대어 절을 하며 부처님께 빌고 또 빌었습니다.

"운영과 죽기 전에 한 약속을 차마 저버릴 수가 없어서, 하인 특을 시켜 정성껏 부처님 앞에 재를 올려 명복을 빌게 했습니다. 그러나 이제 와 들어 보니 특이 말할 수 없이 사악한 짓을 저질렀고 운영의 유언 또한 헛되이 사라지게 했으니 제가 무슨 낯으로 부처님 앞에 소원을 빌겠사옵니까?

그러나 바라옵건대 운영을 다시 살아나게 하셔서 이 불쌍한 사람과 짝을 지어 다음 생에서는 이런 원통함을 당하지 않도록 해 주옵소서. 또 바라옵건대 저 악독한 특을 데려가 지옥에 가두어 주시옵소서. 부처님께서 이런 소원을 들어주신다면 운영은 비구니가 되어 열 손가락을 불살라 12층의 금탑을 지을 것이며 저는 비구승이 되어 불법을 닦고 닦아 큰 절을 짓고 부처님의 은혜에 보답하겠사옵니다."

저는 마음속으로 빌고 빌며 절을 하고 또 하여 백배를 채우고서야

● **계수나무가 누렇게 익는 계절** 괴황지절(傀黃之節). 보통 과거 시험을 계수나무 꽃이 누렇게 물드는 음력 칠월쯤에 치른 데서 비롯되어 과거를 볼 시절을 뜻한다.

빌기를 마쳤습니다. 특을 처벌해야겠다고 마음을 먹고 집으로 돌아오니 특은 이미 우물에 빠져 죽어 있었습니다. 따져 보니 제가 부처님께 빌기를 시작한 지 이레 만이었습니다.

그 일이 있은 후 저는 더 이상 세상일에 뜻이 없어졌습니다. 어느 날 저는 깨끗이 목욕을 하고 새 옷으로 갈아입은 뒤 조용한 곳에 누워 나흘을 아무것도 먹지 않았습니다. 아, 저는 마침내 깊은 탄식을 토하고는 다시는 일어나지 못할 몸이 되고 말았답니다.

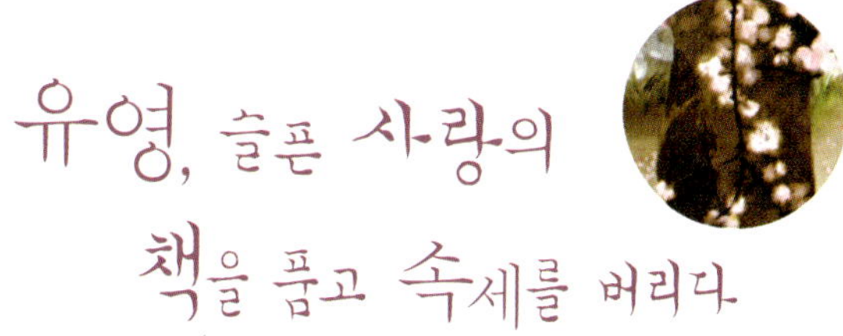

유영, 슬픈 사랑의 책을 품고 속세를 버리다

말을 마치고 쓰기를 마치자 두 사람은 붓을 던지고 마주 보며 슬프게 울었다. 그 울음은 새벽바람처럼 그칠 줄을 몰랐다. 유영은 위로의 말을 건넸다.

"두 사람이 이렇게 다시 만났으니 이제 소원을 이룬 것이 아닌지요. 원수인 하인도 이미 없어졌으니 원통함도 사라졌을 터인데 어찌 그다지 슬퍼하오? 다시 인간 세상에 나오지 못하는 것이 한스러워 그러십니까?"

김 진사가 눈물을 닦으면서 대답했다.

"우리 두 사람은 다 원한을 품고 죽었습니다. 저승의 염라대왕은 죄 없이 죽은 우리를 불쌍히 여겨 다시 인간 세상에 태어나도록 하려고 했지요. 그러나 저승의 즐거움도 인간 세상보다 덜하지 않은데 천상의 즐거움은 어떠하겠습니까? 다시 인간 세상에 나가고 싶지 않습니다. 다만 오늘 슬퍼한 것은 대군께서 돌아가시고 궁궐이 주인을 잃어 쓸쓸한데 까마귀와 새들까지 슬피 울어 쓸쓸함을 더해 가고 있었기 때문입니다. 게다가 전쟁을 겪은 이후로는 빛나던 집이 재가 되고 옥 같은 섬돌은 깨어졌습니다. 하늘을 찌르던 담장은 무너져 버리고, 다만 섬돌 위에 피어오른 꽃만 향기롭고 무성히 풀 덮인 뜨락만 봄빛을 자랑하고 있지요. 변하기 쉬운 것이 인생사라, 다시 옛일을 돌이키자니 슬픔이 치밀어 올라와 그랬던 것입니다.”

“그러면 그대들은 모두 하늘나라의 사람이 되었습니까?”

“우리 두 사람은 본래 하늘의 신선으로 오랫동안 옥황상제를 모시고 있었습니다. 하루는 상제께서 저에게 천도를 따 오라고 시키셨는데, 저는 시킨 것보다 더 많이 따 와서 운영과 나눠 먹다가 들켜 인간 세상에 쫓겨 온 것입니다. 인간 세상의 괴로움을 한 차례 겪고 나니 이제 옥황상제께서 잘못을 용서하셔서 다시 상제의 궁궐인 삼청궁에 올라가 상제를 모시게 되었습니다. 마침 돌아가는 길이라 잠시 바람의 수레를 타고 옛날 놀던 곳을 둘러보았을 뿐입니다.”

김 진사는 말을 마치고 나서 운영의 손을 잡고는 다시 유영에게 부탁했다.

“바닷물이 마르고 돌이 녹아 없어져도 우리의 사랑은 사라지지 않을 것이며, 땅이 갈라지고 하늘이 무너져도 우리의 원한을 지우기는 어려울 것입니다. 오늘 저녁 존군과 서로 만나 이처럼 진솔한 마음을 털어놓으니, 인연이 없었더라면 어찌 이런 만남이 있을 수 있겠습니

까? 부탁이 있습니다. 부디 존군께서는 이 글을 거두어 가지고 돌아가
서서 영원히 세상에 전해 주십시오. 다만 어리석은 사람들의 입에 오
르내려 웃음거리가 되지 않도록 해 주시면 매우 다행으로 생각하겠습
니다."

김 진사는 술에 취하여 운영의 어깨에 몸을 기대고 나직하게 시 한
수를 읊었다.

꽃 떨어진 공중에는 제비 참새가 날고
봄빛은 예와 같은데 주인은 간 곳 없구나
하늘 높이 솟은 달은 차기만 한데
푸른 이슬은 아직 옷을 적시지 않았네

운영이 그것을 받아서 이어 읊었다.

고궁의 고운 꽃과 버들 봄빛을 새로 머금어
호화롭던 오랜 옛일 꿈마다 찾아드네
오늘 저녁 여기 와 놀며 옛 자취 찾아보니
막을 수 없는 슬픈 눈물 수건을 적시네

시를 읊는 것을 들으며 유영도 술에 취하여 깜박 잠이 들었다가 문
득 지저귀는 산새 소리에 깨어났다. 안개는 땅 위에 자욱하고 새벽빛

은 멀리 어렴풋한데, 사방을 살펴보아도 사람은
보이지 않았다. 다만 김 진사가 기록한 책만 두 사람이
앉았던 자리에 놓여 있었다.

　유영은 쓸쓸한 마음을 어찌할 수 없었지만, 다시는 두 사람을
만날 길이 없어 부탁받은 대로 책을 거두어서 돌아왔다. 그 후
장롱 속에 책을 감춰 두고 때때로 꺼내 읽어 보다가는 망연자실
먹는 것도 자는 것도 잊어버리곤 했다. 그 뒤로는 집을 떠나
명산을 두루 찾아다녔는데, 어디로 갔는지 그 자취를
알 길이 없다.

금지가 만들어 낸 사랑의 비극

● 시공을 초월한 사랑의 정서

사랑, 여러분은 사랑을 무엇이라고 생각하십니까? 많은 이를 통해 매우 다양한 모습으로 끊임없이 변주되어 온 사랑이라는 이름. 사랑만큼 오랫동안 많은 사람에게 공통의 관심사로 존재한 무언가는 아마도 없을 것입니다. 언제 어떤 모습으로 놓이든 사랑, 그것은 참으로 신비하며 위대한 경험이기 때문이지요. 지금, 바로 이 시간에도 사랑 때문에 눈물짓고 사랑 때문에 가슴 떨려 하는 누군가가 우리 주변에 있을 터입니다.

그렇다면 이렇듯 신비로운 사랑, 때로는 우리를 가슴 아프게 하고 때로는 우리를 행복하게도 하는 사랑이 이루어지고 난 다음의 모습은 과연 어떨까요? 김빠지는 이야기이긴 하지만, 누구나 그렇듯 결혼을 하고, 잔소리를 하고 토닥거리며 사는, 평범한 일상을 살아가게 됩니다. 그래서일까요? 세상의 많은 사랑 이야기는 늘 결혼해서 행복하게 잘 살았다는 결론으로 성급히 끝나곤 합니다. 사랑을 이루고 난 이후에는 재미있는 이야깃거리가 별로 없기 때문이겠지요.

그렇지만 사랑이 이루어지지 않은 경우라면 이야기는 달라집니다. 이루어지지 않은 사랑은 이루어진 사랑보다 더 아름답기 때문이지요. 그래서 학생들은 선생님들에게 '사랑 이야기'가 아닌 '첫사랑 이야기'를 해 달라고 조르곤 합니다. 첫사랑은 보통 이루어지지 않거든요. 그러니까 우리는 지금 같이 살고 있는 배우자 이야기 말고, 가슴 아프게 헤어질 수밖에 없었던 첫사랑 이야기를 졸라 대는 것입니다.

방금 우리가 읽은 소설 《운영전》은 바로 이러한 '이루어질 수 없는 사랑'을 그린 작품입니다. 무척이나 사랑했던 두 남녀가 스스로 목숨을 끊을 수밖에 없었던 사연을 담고 있습니다.

《운영전》은 작자가 누구인지 알 수 없는 한문 소설입니다. 손으로 옮겨 쓴 것, 활자로 찍은 것, 한문으로 쓴 것, 한글로 쓴 것 등 20여 종의 이본이 존재하지만 어느 것 하나 이야기의 '주인'이 누구인지 밝혀 놓지 않았습니다. 이야기의 임자가 따로 없다고 생각했거나 사대부로서 사랑 이야기 따위를 '헛되이' 지어내고, '소일거리'로 읽는다는 것 자체를 부끄럽게 생각해서인지도 모르겠군요. 그래도 이 이야기가 언제 지어졌는지 짐작하기란 어렵지 않습니다. 작품 속의 '만력 신축(萬曆辛丑)'이라는 연도와 '전쟁이 막 끝난 뒤라 장안의 궁궐과 성안에 가득했던 화려한 집들이 다 무너져 버려 텅 비어 있었다.'라는 첫머리의 표현은 이 작품의 배경이 임진왜란 직후인 만력 신축년, 즉 1601년이라는 것, 따라서 이 작품은 적어도 1601년 이후에 창작되었다는 것을 알려 줍니다. 또 이 소설을 1626년에 베껴 적었다는 자료도 있으니, 결국 《운영전》은 1601~1626년 사이에 어느 사대부 문인이 쓴 작품인 셈입니다. 지금으로부터 약 400년 전, 듣거나 본 이야기들을 이리저리 짜 맞추고 상상력을 발휘해 가며 운영과 김 진사의 사랑에 홀로 눈물짓던 어느 문인의 서재에서 나온 작품을 여러분들이 방금 읽은 것이지요. 이렇게 엄청난 시간과 공간을 초월한 만남이라니 설레지 않습니까?

● 비극적인 사랑 이야기

이 소설은 다른 고전 소설들과 조금 다른 특색이 있습니다. 이미 여러분도 짐작했겠지만, 그 내용이 비극적이라는 사실입니다. 남녀가 만나 사랑하고, 고난을 겪은 후에 결혼하여 아들딸 낳고 잘 먹고 잘 사는 것, 이것은 옛날이나 지금이나 행복한 애정을 꿈꾸는 사람들의 삶의 도식이며, 고전 소설이나 현대의 대중 소설, 드라마, 영화에서 주로 채용하고 있는 행복한 결말(happy ending)의 구조입니다. 우리는 이 도식과 구조에 익숙해져 있기에 '행복하게 잘 살았다.'라는 이야기까지 들어야 소설 속의 세계에서 현실로 문을 '찰칵' 닫고 나오는 듯한 느낌이 듭니다. 그러나 이 소설에서 사랑의 주인공인 운영은 자결하고, 그 후 김 진사도 스스로 죽음의 길을 택합니다. 이들의 사랑 이야기를 들은 유영마저도 그 가슴 아픈 사랑에 전염되었는지 유랑을 하다가 결국 자취를 감춥니다. 이렇게 운영과 김 진사의 사랑이 비극적인 이유는 이들의 사랑을 성취시키기 위해 작자가 어정쩡하게 행복한 결말을 꾸미지 않았기 때문입니다. 좀 멋있게 이야기하자면, 궁녀와 젊은 유생의 이루어질 수 없는 사랑을 위해 현실을 왜곡하지 않고, 주인공들이 현실의 견고한 장벽에 몸을 던지는 쪽으로 상황을 몰고 갔다는 것이지요. 그래서 이 소설을 이해하는 지름길은 주인공들이 부딪힌 현실의 엄청난 장벽과 그 장벽을 드러내기 위해 택한 비극적인 사랑 안에 있다고 할 수 있습니다.

● 금지를 위반하는 사랑의 욕망

소설 《춘향전》에서 춘향과 몽룡이 극적으로 만난 곳은 '광한루'입니다. 광한루 옆에는 오작교가 있지요. 몽룡은 오작교를 보며 견우는 자기인데 직녀는 누가 될까 생각하기도 합니다. 마침 춘향과 몽룡이 만난 때는 단오이기에 춘향은 그네를 탈 수 있었고, 몽룡은 광한루에 나들이를 나올 수 있었습니다. 꽃들이 만발한 광한루 주변의 정경은 춘향과 몽룡의 심회를 돋우었고, 둘 사이의 아름다운 인연을 맺어 주는 데 한몫했다고 볼 수 있습니다. 이렇듯 어디서 만나는가는 두 남녀의 사랑이 어떻게 전개될 것인지를 미리 짐작하게 해 줍니다.

그러면 운영과 김 진사가 만난 곳은 어디일까요? 바로 수성궁입니다. 유영이 깜빡 잠이 들어 운영과 김 진사를 꿈에서 만난 곳도 수성궁이니 운영과 김 진사는 혼령이 되어서도 수성궁을 떠나지 못하고 있음을 알 수 있겠지요. 운영과 김 진사의 인연을 맺게 하고, 이들이 유령이 되어서도 차마 떠나지 못하는 곳, 수성궁. 수성궁은 왕의 아들인 안평 대군의 집입니다. 안평 대군은 어려서부터 학문을 좋아하고, 시·서·화·악에 모두 능했으며, 식견과 도량이 넓어 당대인들에게 널리 이름을 떨쳤습니다.

미(美)를 추구했던 안평 대군은 자신의 집도 미적인 이상과 질서가 실현된 공간으로 꾸몄습니다. 소설에서는 안평 대군이 뽑은 궁녀들을 교육시키고 시를 짓게 하는 곳이 수성궁이지요. 안평 대군이 궁녀들의 시에 만족감을 나타내고, 안평을 찾아온 당대의 문인들도 한결같이 이들의 재주를 칭찬하는 것을 보면 수성궁은 일단 안평 대군의 이상을 완전히 성취한 공간으로 보입니다. 그렇지만 한번 생각해 봅시다. 자신의 이상을 실현한 안평 대군이야 만족스러웠겠지만, 수성궁에 갇혀 '궁궐 밖 사람들이 궁녀의 이름을 알기만 해도 죽일 것'이라고 단언하는 안평 대군의 명령에 복종할 수밖에 없는 궁녀들에게도 이 수성궁이 과연 이상적인 공간이었을까요? 아무리 호화롭게 입고 잘 먹는다고 해도 궁녀들이 얼마나 답답했을지 상상해 보십시오. 오직 한 사람만을 사랑하고 섬겨야 했던 궁녀들은 자신을 안평 대군의 실험실에 갇힌 쥐라고 생각했을지 모르지요. 안평 대군은 자신의 실험을 위하여 다양한 '금지'를 궁녀들에게 부여했습니다. 궁녀들은 절대로 궁 밖을 출입할 수 없었고, 다른 사람들과의 대화도 철저하게 차단당했습니다. 이런 금지 때문에 수성궁은 외적인 현실의 영향을 받지 않는 이상적인 공간이 될 수 있었지요.

그러나 '금지'는 강한 일탈의 욕망을 낳습니다. 그래서 이야기 속의 모든 금기는 깨지게 마련이지요. 절대 뒤를 돌아보지 말라는 금지의 명령을 어겨 수많은 이야기 속 주인공들이 돌이 되거나 소금 기둥이 되기도 했습니다. 저승에서 아내를 데리고 오던 오르페우스는 뒤를 돌아보는 바람에 아내와 영영 헤어질 수밖에 없었지요.

우리의 주인공 '운영'도 이 금지만 어기지 않았던들 자살까지 할 이유는 없었을 것입니다. 《운영전》에서 금지의 위반은 운영의 사랑으로 시작됩니다. 운영은 안평 대군의 궁녀로 선택된 순간부터 안평 대군 외에 다른 사람을 사랑해서는 안 된다는 '금지'의 명령을 받았습니다. 그렇지만 그 금지는 깨어집니다. 운영이 김 진사를 만나는 순간, 김 진사가 초서를 휘갈기다 튄 붓 끝의 먹물 한 방울이 운영의 손가락에 떨어지는 그 순간부터였지요. 운영은 자신에게 주어진 금지를 명심하고 있었건만 김 진사를 향한 사랑은 금지의 선을 넘어 흘렀습니다. 김 진사를 향한 운영의 사랑은 그에게 사랑의 편지를 쓰게 하고, 편지를 전달하기 위해 벽에 구멍까지 뚫는 과감한 행동을 하게 만듭니다. 금지는 오히려 사랑의 욕망을 더욱 강하게 충동질할 뿐입니다. 이쯤 되면 왜 금지된 사랑이 더욱 열정적인지 아시겠지요? 그렇다면 왜 수많은 드라마에서 남녀 주인공들의 결합이 그토록 어려운가도 이해할 것입니다. 집안의 반대, 사회적인 신분의 차이, 우연한 사고로 인한 어긋난 만남……. 이런 장애물들이 있어야만 사랑은 더욱 뜨거워지고 이야깃거리도 많아지는 것입니다.

운영은 단지 김 진사에 대한 사랑에 눈이 멀어 김 진사와 밀회를 나누었지만 그 결과는 자못 심각합니다. 운영은 그저 본성이 흐르는 대로 사랑을 한 것뿐이지만 이는 안평 대군에 대한 정절을 지키지 못한 배신 행위가 되었고, 나아가 자신도 모르는 사이에 안평 대군으로 상징되는 중세적 권위에 도전하는 결과를 낳았기 때문입니다. 이 작품이 운영의 연모의 심정과 김 진사와의 밀회에 이르는 과정을 세심하게 그리고 있는 것도, 금지된 것에 도전하는 운영의 사랑에 작가가 깊은 애정을 가졌다는 뜻이고, 여기에 작품의 주제가 있다는 뜻입니다.

그러나 안타깝게도 운영의 사랑은 시대의 질서를 결국 뛰어넘지 못하고 맙니다. 처음에는 적극적으로 운영을 도와주던 궁녀 자란이 사태가 심각해지자 때를 기다리라고 말리는 모습이나, 김 진사의 도망치자는 권유에도 불구하고 결국은 자결을 선택하는 운영의 모습에서 우리는 중세적 규범의 굴레에 굴복하고 만 사랑의 비극성을 어렵지 않게 읽을 수 있습니다. 이 대목에서 우리는 운영이 궁궐 담장을 넘어 김 진사와 함께 아무도 모르는 산속에 숨어들어 행복하게 살면 얼마나 좋을까 하고 간절히 바라게 됩니다. 그러나 《운영전》은 그런 독자들의 기대를 저버리고 운영과 김 진사 모두를 죽음에 이르게 하지요. 이 죽음이 우리를 슬프게도 하지만, 바로 그것 때문에《운영전》은 소설적 진실성을 지닙니다. 《운영전》은 중세적 이념과 신분적 제약으로 인한 주인공의 비극적인 모습을 형상화함으로써 중세적 질서에 문제를 제기하고 있습니다. 우리가 《운영전》을 조선 시대 한문 소설의 백미라고 평가하는 이유도 바로 여기에 있지요.

그런데 여기서 《운영전》의 또 다른 사랑에도 주목할 필요가 있습니다. 《운영전》에는 운영과 김 진사의 사랑만이 아니라 안평 대군의 사랑도 있습니다. 운영과 김 진사처럼 열정적이지 않아 잘 드러나지는 않지만 안평이 열 궁녀 가운데 유독 운영에 대해 깊은 관심을 보인다는 것, 마지막엔 김 진사와의 관계를 알고도 운영을 용서한다는 것 등이 바로 사랑의 징표입니다. 그렇다면 이런 안평의 사랑에도 금지가 있었을까요? 겉으로 보기에 안평 대군에게는 아무런 금지도 없습니다. 당시 사회에서 궁녀들은 안평 대군의 소유물이나 마찬가지였으므로 안평 대군에게는 운영처럼 제도에 의해 밖에서 주어진 금지가 있을 리 없습니다. 안평의 금지는 제도가 아니라 윤리적 성격을 띠고 있지요.

운영은 어린 시절 입궁하여 안평 대군의 부인을 어머니처럼 여기고 있었고, 부인은 운영을 친자식처럼 사랑했습니다. 따라서 운영에게 안평은 아버지와 같은 존재였지요. 이런 세 사람의 관계 때문에 마음 깊이 자신을 거부하는 운영을 안평 대군은 범상치 않은 눈길로 그저 바라볼 수밖에 없었습니다. 안평의 행위를 제약하는 이런 금지는 안평이 지닌 윤리 의식의 결과입니다. 물론 이 윤리 의식은 안평 대군 혼자만의 것이 아니라 그가 살고 있던 중세 사회의 윤리 규범이 빚어낸 것이었지요. 인간의 감정을 더러운 욕심과 욕정으로 여겨 궁녀들을 세상과 절연시켜 놓고, 오직 시로써 교육하여 자신이 생각하는 이념의 틀에 들어맞는 인간을 만들려 한 안평 대군의 수성궁은 바로 그런 윤리 규범의 상징물이었던 것입니다. 이렇게 본다면 안평은 스스로 설립한 수성궁의 이념 속에 갇힌 불행한 인간이었습니다. 자기가 만든 조롱에 들어가 갇힌 것이지요. 그리고 그 속에서 안평의 사랑은 고독할 수밖에 없었습니다.

이처럼 운영의 금지된 사랑, 그리고 운영의 사랑을 금지한 안평 대군이라는 권력자의 또 다른 금지된 사랑은 모두 중세 신분 질서와 윤리 규범이라는 멍에 속에서 빚어진 것입니다. 그 멍에 속에는 이미 비극적 사랑이라는 씨앗이 뿌려져 있었던 셈이지요. 조선 후기의 첫머리인 17세기 초에 《운영전》은 비극적 사랑을 통해 당대의 이념과 질서에 강한 의문을 던지고 있었던 것입니다.

《운영전》에는 삼각관계를 이루고 있었던 운영, 김 진사, 안평 대군 외에도 소설을 다채롭게 하는 다른 인물들이 생생하게 그려져 있습니다. 자란을 비롯한 궁녀들, 운영과 김 진사를 이어 주는 무녀, 그리고 특이라는 김 진사의 하인이 바로 빛나는 조연들이지요. 이들 가운데 특히 특이라는 인물이 흥미롭습니다. 특을 중심으로 벌어지는 사건은 이 소설의 또 다른 부분을 차지할 정도로 비중이 큽니다. 특이 등장하지 않았다면 소설의 재미는 분명 반감되었을 것입니다. 악한이 없는 드라마나 영화가 재미없는 것과 마찬가지입니다. 악한도 주인공 못지않게 이야기를 이끌어 가기에 특은 숨은 주인공이라고도 볼 수 있습니다. 특이 등장하면서 이야기가 흥미롭고 좀 더 극적으로 진행되는 것만은 틀림없지요. 문제는 특의 악인적인 형상이나 특을 벌하는 방식이 다분히 비현실적이라는 데 있습니다.

김 진사는 이미 한 번 특에게 속아 운영의 재물을 모두 빼앗깁니다. 그런데도 김 진사는 자신의 노비를 처벌할 아무런 힘이 없는 인물처럼 그려져 있습니다. 그뿐만 아니라 그런 짓을 한 노비를 아무런 계기 없이 용서하고는 운영의 명복을 빌어 달라고 부탁하면서 시주미 마흔 석을 맡기기까지 하지요. 독자들의 안타까움을 자아낼 만큼 김 진사는 철저히 노비에게 의존적입니다.

사실 《운영전》은 굳이 특을 악한으로 그리지 않더라도 충분히 극적인 내용을 가지고 있습니다. 오히려 특의 악행이 부각되면서 안평 대군과 운영, 김 진사 사이의 팽팽한 긴장감은 약화되기까지 합니다. 그래서 후반부로 갈수록 소설은 '어떻게 특을 벌할 것인가?' 하는 데 초점을 맞추고 있는 듯하지요. 마치 운영과 김 진사의 비극적인 사랑의 원인이 특에게 있는 것처럼 말입니다. 결국 특은 권선징악의 논리에 따라 석가 세존의 징벌을 받아 죽게 됩니다. 이렇게 되면 운영의 사랑을 금지하고, 운영과 김 진사를 죽음으로 몰아갔던 중세적 이념과 질서에 대한 소설적인 문제 제기가 상당 부분 약화됩니다.

그러나 특이 등장하여 주제 의식을 흐린 후반부의 사건 전개로 인하여 《운영전》의 가치가 반감되는 것은 아닙니다. 《운영전》은 이전의 소설들이 상투적으로 그리고 있던 사랑의 문제를 개인적인 차원에 머물게 하지 않고 사회적인 차원으로 확장해 냈습니다. 중세적 제도와 규범이 만들어 낸 금지의 비극성을 이야기하고 있는 것입니다. 그리고 비록 비극으로 끝나기는 했지만, 바위 같은 사회적 금지마저 녹여내는 열정적인 사랑의 힘을 보여 주기도 했습니다. '행복한 결말'로 끝나지 않았기에 소설을 다 읽고 난 느낌이 개운하지 않을 수도 있습니다. 그렇지만 '행복하게 잘 살았다.'라는 자물쇠로 문을 '찰깍' 하고 닫고 나올 수 없기에 자꾸 뒤를 돌아보게 하는 비극적인 이야기, 읽고 난 후에도 여전히 감동의 여운이 남는 이야기이기에 《운영전》은 400년이 지나도록 독자를 만나고 있는 것입니다.

비련의 주인공이 된다면?

● 운영이 직접 김 진사와의 만남과 사랑을 일지 형식으로 쓴다면 어떤 내용이 될지 정리해 봅시다.

● 김 진사와 안평 대군은 모두 운영을 사랑하지만 그 방식은 사뭇 다릅니다. 이들의 사랑에는 어떤 차이가 있는지 이야기해 봅시다.

● 운영과 김 진사의 만남을 도와주던 자란은, 그들의 사랑이 막다른 곳에 이르자 운영에게 자중할 것을 충고합니다. 이를 통해 알 수 있는 운영과 자란의 생각의 차이에 대해 이야기해 봅시다.

● 운영과 김 진사는 결국 사랑을 이루지 못하고 비극적인 죽음을 맞이합니다. 그렇다면 이들이 현실에서 사랑을 이룰 수 있는 방법은 없었을까요? 만약 내가 운영이라면, 김 진사라면 어떻게 했을지 생각하면서 이들의 사랑이 이루어질 수 있는 방법을 찾아봅시다.

● 운영은 목을 매어 죽습니다. 김 진사, 안평 대군, 자란 중 한 사람의 입장을 택하여 운영을 기리는 추도문을 써 봅시다.

● 이 소설의 주인공들처럼 현실에서 금지된 사랑을 애절하게 나누었던 사람들의 이야기를 영화나 소설 혹은 우리 주변에서 찾아봅시다.

참고 문헌

서울역사박물관 편집부, 《조선 여인의 삶과 문화》, 서울역사박물관, 2002.

이배용, 《우리나라 여성들은 어떻게 살았을까 1》, 청년사, 1999.

이영화, 《조선시대 조선사람들》, 가람기획, 1998.

정민, 《정민 선생님이 들려주는 한시 이야기》, 보림, 2003.

정민, 《한시 미학 산책》, 휴머니스트, 2010.

KBS 역사스페셜 제작팀, 《역사스페셜 3》, 효형출판, 2001.

국어시간에 고전읽기 1

운영전, 잘못 떨어진 먹물 한 방울에서 시작된 사랑

1판 1쇄 발행일 2002년 8월 20일
개정판 1쇄 발행일 2013년 1월 14일
개정판 12쇄 발행일 2023년 7월 24일

기획 전국국어교사모임
지은이 조현설
그린이 흩날린

발행인 김학원
발행처 (주)휴머니스트출판그룹
출판등록 제313-2007-000007호(2007년 1월 5일)
주소 (03991) 서울시 마포구 동교로23길 76(연남동)
전화 02-335-4422 **팩스** 02-334-3427
저자·독자 서비스 humanist@humanistbooks.com
홈페이지 www.humanistbooks.com
유튜브 youtube.com/user/humanistma **포스트** post.naver.com/hmcv
페이스북 facebook.com/hmcv2001 **인스타그램** @humanist_insta

편집책임 문성환 **편집** 윤무재 **디자인** 김태형 유주현 AGI SOCIETY
스캔·출력 이희수 com. **용지** 화인페이퍼 **인쇄** 청아디앤피 **제본** 민성사

ⓒ 조현설·흩날린, 2013

ISBN 978-89-5862-570-4 44810